맥베스

맥베스

Macbeth

윌리엄 셰익스피어 지음 | 한우리 옮김

더클래식

/
차
례
/

맥베스

스코틀랜드의 장군이자 글래미스의 영주('영주'는 스코틀랜드의 작위 명칭이며, 글래미스는 스코틀랜드 동쪽 지방의 이름이다.). 맥베스는 세 마녀들의 예언에 의해, 특히 그가 곧 코더의 영주가 될 것이라는 예언이 맞아떨어진 후 사악한 생각을 갖게 된다. 맥베스는 용감한 군인이고 권세를 누렸으나 도덕적이지는 못했기에 왕위에 오르려는 야심으로 살인을 저지르려는 유혹에 쉽사리 넘어갔다. 그가 첫 번째 죄를 저지르고 스코틀랜드의 왕좌에 오르니, 그다음 범죄는 너무나 손쉽게 저지를 수 있었다. 그러나 맥베스는 계속된 잔인한 행동 탓에 폭군으로 미움을 받아 왕의 신분을 계속 유지할 수 없었다. 셰익스피어의 다른 극에 등장하는 악당들, 예를 들어 《오셀로》의 이아고나 《리처드 3세》의 리처드 3세와는 달리, 맥베스는 결코 범죄자로서 자신의 역할에 편안함을 느끼지 못한다. 그는 극의 초반부터 무엇이 옳고 그른지 잘 알고 있으나, 스스로도 이를 정당화하지 못하고 잘못된 일을 선택하고 만다. 궁극적으로 그는 그의 악행에 뒤따른 정신적 압박을 견뎌 낼 수 없었던 것이다.

맥베스 부인

맥베스의 아내. 권력과 지위를 갈망하는 매우 야심만만한 여성이다. 극의 초반에 그녀는 남편으로 하여금 덩컨 왕을 죽여 왕관을 차지하라고 촉구하는 모습을 보여 맥베스보다 더 강하고 냉혹한 여성으로 그려진다. 그러나 맥베스 부인은 남편보다 더 크고 깊게 광기와 죄책감에 빠진다. 그녀가 가진 죄의식은 그녀에게 큰 영향을 끼쳐 결국 자살로 생을 마감하는 지경에 이른다. 극의 도입부에서 맥베스와 맥베스 부인은 서로에 대해 열정적이며, 맥베스 부인은 남편이 살인을 저지르도록 설득시키기 위해 자신의 성적인 매력을 활용하는 것처럼 보인다. 그러나 그들이 함께 범죄를 저지르고 이로 인해 세상으로부터 소외되자, 동반자로서 서로에 대한 감정 또한 무뎌진다.

---

* 등장인물 소개는 옮긴이 주임을 밝힙니다.

세 명의 마녀들

세 명의 미스터리한 늙은 여자들. 마법과 주문, 예언을 통해 맥베스가 잘못된 행동을 하도록 꾀어 낸다. 그들의 예언은 맥베스에게 덩컨을 살해하고 밴쿠오와 그의 아들을 죽이도록 명령케 하며, 자신의 불멸성을 맹목적으로 믿게 하였다. 극은 마녀들의 진짜 정체가 무엇인지, 그들이 예언을 사실로 만든 것인지, 그들이 어떻게 해서 그런 지식을 얻게 되었는지에 관해 우리에게 알려 주지 않은 채 불분명하게 남겨 둔다. 어떤 면에서 마녀들은 제멋대로 인간의 운명을 결정하는 베를 짠다는 신화적인 존재인 '운명의 세 자매(Fates)'와 닮아 있다. 분명한 것은 그들이 인간 존재를 파괴시키고 괴롭히기 위해 미래의 지식을 이용하는 기쁨을 느끼는 삐딱한 존재들이라는 점이다.

밴쿠오

용감하고 고귀한 장군. 마녀들의 예언에 따르면, 그의 자손들은 스코틀랜드의 왕위를 계승하게 된다. 맥베스처럼 밴쿠오도 야심찬 생각에 잠기지만, 이를 실행에 옮기지 않는다. 밴쿠오는 맥베스가 선택하지 않은 길, 야망이 반드시 배반과 살인을 이끌어 내지는 않는다는 것을 보여 주는 점에서 맥베스를 꾸짖는 역할을 한다. 따라서 맥베스를 괴롭히는 것은 덩컨의 유령이 아니라 밴쿠오의 유령이다. 유령은 맥베스에게 밴쿠오를 죽인 것에 대한 가책을 느끼게 할 뿐 아니라, 마녀들의 예언에 대해 밴쿠오가 보였던 의연한 태도를 따르지 않은 스스로에 대해 생각하게 만든다.

덩컨 왕

스코틀랜드를 다스리던 훌륭한 왕. 왕위 찬탈에 눈이 먼 맥베스로부터 살해당한다. 덩컨은 도덕적이고 자애로운 통치자의 모델이다. 그의 죽음은 스코틀랜드 질서의 파괴를 상징하며, 이 파괴된 질서는 덩컨의 후손인 맬컴이 다시 왕위를 이어야 복원될 수 있다.

맥더프

스코틀랜드의 귀족. 처음부터 맥베스의 왕위 계승에 대해 반발하는 인물이다. 결국 그는 맥베스를 왕좌에서 몰아내려는 반란군의 선봉에 선다. 반란군의 임무는 왕가의 정통을 잇는 맬컴 왕자를 왕위에 앉히려는 것이다. 여기에 더해 맥더프는 자신의 부인과 어린 아들을 살해한 맥베스에 대한 복수를 이루고자 한다.

맬컴

덩컨 왕의 아들. 맥베스의 공포 정치로 무너진 스코틀랜드의 질서를 바로잡기 위해 왕위의 복권을 꾀한다. 맬컴은 아버지가 살해되고 동생인 도널베인 왕자와 함께 스코틀랜드에서 도피할 때, 왕자로서의 권세가 미약하고 불안정했으나 맥더프와 잉글랜드의 도움을 얻어 맥베스에 대립한다.

헤커트

마법의 여신. 세 마녀들과 함께 맥베스에게 해를 가하는 일을 돕는다.

플리언스

밴쿠오의 아들. 맥베스의 살해 위협에서 살아남는다. 극이 끝나는 지점에서 플리언스는 어디에 있는지 그 행방이 알려지지 않는다. 아마 그는 밴쿠오의 자손들이 스코틀랜드의 왕좌에 앉게 된다는 마녀들의 예언에 따라 스코틀랜드를 다스리게 될 것이다.

레녹스

스코틀랜드의 귀족.

로스

스코틀랜드의 귀족.

자객들

밴쿠오와 플리언스, 맥더프의 아내와 그의 아이들을 살해하라는 맥베스의 명령을
받은 악한들. 이들 중 플리언스만이 살아남는다.

문지기

맥베스의 성문을 지키는 술 취한 수위.

맥더프 부인

맥더프의 아내. 그녀의 성에서 진행되는 장면은 우리에게 맥베스 부부 외에 다른 가
족의 삶을 엿볼수 있는 기회를 제공한다. 극에서 맥더프 부인과 그녀의 집은 맥베스
부인과 그녀의 집인 인버네스의 지옥 같은 모습과 대조되어 등장한다.

도널베인

덩컨 왕의 아들이자 맬컴 왕자의 남동생.

제
1
막

1장
스코틀랜드의 황야

(천둥과 번개, 세 마녀 등장.)

마녀 1 우리 셋은 언제 다시 만나우?

   천둥 칠 때, 번개 칠 때, 비가 올 때?

마녀 2 떠들썩한 소동이 지나면,

   싸움에 이기거나 지면.

마녀 3 그건 해 지기 전일 거야.

마녀 1 어디서 만날까?

마녀 2 황야에서.

마녀 3 거기서 맥베스를 만나자고.

마녀 1 (자신의 고양이에게) 곧 갈게, 회색 고양이야.

마녀 2 두꺼비가 부르네.

마녀 3 곧 갈게!

세 마녀 아름다운 것은 추한 것, 추한 것은 아름다운 것.

날아가자, 안개와 탁한 대기 속으로.

(모두 퇴장.)

2장
◇◇◇◇◇◇
포레스 부근의 진영

(안에서 경종. 덩컨 왕, 맬컴, 도널베인, 레녹스가 시종들과 함께
등장해 피를 흘리는 장교와 만난다.)

덩컨 피를 흘리는 저 사람이 누구냐.

　　몰골을 보니, 반란군의 근황을 보고해 줄 수 있겠구나.

맬컴 이 장교가 바로 용감하게 달려들어

　　포로가 될 뻔한 저를 구해 준 분입니다.

　　반갑네, 용감한 친구여! 폐하께 말씀드리게.

　　자네가 본 전투의 모습을 그대로.

장교 승패는 판가름하기 어려웠습니다.

　　마치 수영하다 지친 두 사람이 서로 엉겨 붙어

서로 허우적거리며 재주를 쓰지 못하는 것과 같이.
저 무자비한 맥도날드가 역적이라는 이름에 걸맞게
세상의 악이란 악은 모두 한 몸에 지니고 다니는 놈이죠.
서부의 여러 섬으로부터 용병과 기마병을 지원받은 데다,
운명의 여신마저 그놈의 저주받을 싸움에 추파를 던져
역적의 창녀인 것마냥 보였습니다. 그러나
이 모두를 합쳐도 역부족인 것을.
우리의 용감한 맥베스 장군은 그 명성에 걸맞게
운명의 여신 따위는 무시하고, 피비린내 나는 응징으로
김이 서린 칼을 휘두르며 용맹의 화신처럼
적진을 뚫고 앞으로 돌진해 그 몹쓸 놈과 마주했지요.
그러고는 악수나 작별인사도 없이
당장 그놈을 배꼽에서 턱까지 한 칼에 베고
그 목을 우리의 성벽에 걸어 놓았습니다.

덩컨 오, 용맹스러운 나의 사촌, 훌륭한 신하로다!

장교 그러나 태양이 빛나는 곳에
선박을 부수는 폭풍과 무서운 천둥이 함께 있듯,
안심이 샘처럼 솟아오르던 곳에 불안이 홍수처럼
쏟아져 들어왔습니다. 들어 보십시오, 폐하.
용기로 무장한 정의의 군대가 도주하는 패잔병 무리를
물리치자마자, 지금껏 기회만 엿보던 노르웨이 왕이

무기를 정비하고 신병을 보충해 새로이 공격하기 시작했습니다.

덩컨 그로 인해 우리의 장군인 맥베스와 밴쿠오가 당황하고 겁먹지는 않았더냐?

장교 독수리가 참새를 보고 놀라듯이,

사자가 토끼를 보고 놀라듯이,

두 분도 놀라시긴 했습니다.

사실대로 말씀드리면, 두 분은

화약을 두 배로 장전한 대포와 같이

적에게 두 배, 세 배의 공격을 퍼부었습니다.

그분들께서 상처에서 뿜어 나오는 피로

목욕을 하려는 것인지, 또 다른 골고다를 만들어

기억에 남기시려는 것인지 저로서는

분간하기 어려울 정도였습니다.

그런데 어지럽고 기절할 듯하여

이제 제 상처를 좀 돌보았으면 합니다.

덩컨 자네의 말은 자네가 입은 상처만큼이나

자네의 인품을 말해 주니 명예로운 일이다.

자, 누가 저자를 의사에게 데려가도록 해라.

(부축을 받으며 장교 퇴장.)

(로스와 앵거스 등장.)

덩컨 저기 오는 자는 누구인가?

맬컴 로스 영주입니다.

레녹스 조급한 기색이 눈에 선연합니다.

　　심상치 않은 소식을 전하려는가 봅니다.

로스 국왕 폐하 만세!

덩컨 자네는 어디에서 오는 길인가, 로스 영주?

로스 파이프에서 오는 길입니다, 폐하.

　　그곳에는 노르웨이 깃발이 하늘을 비웃듯 나부끼며

　　우리 병사들의 간담을 서늘하게 만들고 있었지요.

　　노르웨이 왕은 몸소 엄청난 대군을 이끌고

　　저 가증스러운 반역자, 코더 영주의 협력을 받아

　　불길한 싸움을 시작하였습니다. 그러나

　　전쟁의 여신 벨로나를 아내로 삼은 우리의 맥베스 장군은

　　무적의 갑옷을 차려입고 단신으로 맞서

　　칼에는 칼로, 완력에는 완력으로 대응하여

　　적의 사기를 꺾어 버렸고,

　　마침내 승리를 우리 편으로 만들었습니다.

덩컨 참으로 경사로다.

로스 그리하여 지금 노르웨이의 왕 스웨노는

　　휴전을 간청하고 있습니다. 그러나 저희는

　　그가 세인트 코메즈 인치에서 1만 달러를

지불하기 전까지는 적군의 시체를 매장조차

허락하지 않을 작정입니다.

덩컨 코더 영주는 다시는 짐을 배반하지 못할 것이다.

가서 그자에게 즉각 사형을 선고하고,

맥베스 장군을 그의 작위로 맞아들이도록 하라.

로스 분부대로 시행하겠습니다.

덩컨 그 역적이 잃은 것을 맥베스가 얻었도다.

(모두 퇴장.)

3장
°°°°°°
포레스 부근의 황야

(천둥소리. 세 마녀 등장.)

마녀 1 언니는 어딜 갔다 왔수?

마녀 2 돼지를 죽이러 갔다 왔지.

마녀 3 언니는?

마녀 1 한 선원의 마누라가 앞치마에 밤을 싸 가지고
오도독오도독 먹고 있기에, '나 좀 줘!' 그랬더니
그 뒤룩뒤룩 살찐 엉덩이에 다 늙어 빠진 년이
"저리 꺼져, 마녀야!"라고 소리치는 거야.
그년의 남편이 타이거 호 선장인데, 알레포에 가 있거든.
내가 체를 타고 바다를 건너가서

꼬리 없는 쥐로 둔갑해 그놈을 혼내 줄 거야.

혼내 줘야지. 혼낼 거야.

마녀 2 내가 바람을 일으켜 줄게.

마녀 1 고마워.

마녀 3 나도 한 번 해 줄게.

마녀 1 나머진 모두 다 내가 할 거야.

바람 부는 바로 그 항구로,

선원의 나침반이 가리키는 곳으로,

어느 곳이든 마음대로 바람을 불러 보낼 수 있지.

그녀의 남편을 마른 풀처럼 바싹 말려 버려야지.

밤이고 낮이고 잠 못 자게 괴롭혀서

말라비틀어지게 해야지.

그놈을 저주에 묶어 일곱 밤, 일곱 낮의

아홉 곱의 아홉 곱을 더해서, 시달려

쪼그라들고, 빼빼 마르고, 지치도록 할 거야.

그놈의 배를 침몰은 못 시켜도

폭풍우로 마음껏 흔들 수는 있지.

내가 가진 것을 보라지.

마녀 2 어디 좀 보여 줘, 보여 줘.

마녀 1 귀국 도중에 파선당한 키잡이의 엄지 손가락이라우.

(안에서 북소리.)

마녀 3 북소리다, 북소리!

　　맥베스가 온다!

세 마녀 운명의 세 자매, 손에 손을 잡고

　　바다와 육지를 떠도는 나그네.

　　돌자, 돌자, 돌아라, 돌아라.

　　너도 세 번, 나도 세 번

　　또다시 세 번, 아홉 번을 돌고 나면

　　쉿! 마법이 걸렸다.

(맥베스와 밴쿠오 등장.)

맥베스 이렇게 추하고도 아름다운 날은 내 처음 보는구려.

밴쿠오 포레스까지는 얼마나 남았겠소? 아니,

　　이것들은 무엇인가.

　　이렇게 늙어 빠지고 괴상한 옷차림을 하고 있으니

　　이 세상 사람들이 아닌 듯하면서도

　　땅 위에 발을 딛고 있는 이것들은

　　살아 있는 것들인가?

　　인간의 질문에 대답할 수 있는 것인가?

　　내 말은 알아듣는 듯하구나. 각자

　　말라붙은 입술에 갈라진 손가락을 가져다 대는 걸 보니

여자임이 분명하다. 하지만 수염이 있는 걸 보니

그렇다고 말하지 못하겠구나.

맥베스 할 수 있다면 말해 보아라. 너희들은 무엇이냐?

마녀 1 맥베스 만세! 글래미스 영주 만세!

마녀 2 맥베스 만세! 코더 영주 만세!

마녀 3 맥베스 만세! 앞으로 국왕이 되실 분!

뱅쿠오 장군, 어째서 이리 기쁜 말을 듣고도

그리 놀라고 두려운 표정을 지으십니까?

진실로 묻노니, 너희들은 환영인가?

아니면 겉으로 보이는 그대로인가?

너희가 현재의 작위뿐 아니라 앞으로의 작위와

왕이 될 희망의 예언으로 내 동료를 맞으니

그는 어리둥절 넋이 나가 있구나.

그러나 너희는 나에 대해서는 말하지 않고 있다.

만약 너희가 시간의 씨앗 속을 들여다보고

어느 싹은 자라고, 어느 싹은 자라지 않을지

말해 줄 수 있다면, 나에게 말해라.

그러나 나는 너희들에게 호의를 구걸하거나

저주를 두려워하는 사람은 아니다.

마녀 1 만세!

마녀 2 만세!

마녀 3 만세!

마녀 1 맥베스보다 못하지만, 위대하신 분.

마녀 2 맥베스보다 못하지만, 더 운 좋으신 분

마녀 3 왕은 아니지만, 여러 왕을 낳으실 분.

그러니 만세! 맥베스와 밴쿠오!

마녀 1 맥베스와 밴쿠오 만세!

맥베스 멈추어라, 말이 미흡하구나. 더 말해다오.

아버지인 사이넬께서 돌아가셨으니,

내가 글래미스의 영주인 사실은 안다.

그러나 코더 영주라니 웬 말이냐?

코더의 영주라면 지금 잘 살고 계시며,

왕이 된다는 것은 코더 영주가 되는 것보다

더 가망이 없는 일. 너희들은 어디에서

이리 괴이한 소식을 얻어들었단 말이냐?

게다가 왜 이 황량한 황야에서 길을 막고

그런 예언으로 우리에게 인사를 하는 거냐?

너희에게 명령하노니, 말해라.

(마녀들이 사라진다.)

밴쿠오 땅 위에도 물속처럼 거품이 있는 모양입니다.

저것들이 꼭 거품 같으니. 어디로 사라졌죠?

맥베스 대기 속으로. 형체를 갖춘 것처럼 보이더니 입김처럼

바람 속으로 녹아들었군요. 좀 더 머물러 있었으면!

밴쿠오   우리와 말하던 그것들이 정말

우리 앞에 존재했던 거요, 아니면 우리 두 사람이

모두를 미치게 하는 독초라도 먹은 거요.

맥베스   장군의 자손이 왕이 될 것이라 했소.

밴쿠오   장군은 왕이 될 것이라 했소.

맥베스   그리고 코더의 영주도. 그렇게 말하지 않았습니까?

밴쿠오   똑같은 의미를 똑같은 가락에 맞춰 했지요.

이게 누군가?

(로스와 앵거스 등장.)

로스   맥베스 장군, 국왕께서는

장군의 승전 소식을 들으시고 대단히 기뻐하셨습니다.

장군께서 반란군과의 전투에서 몸을 던져 보여 주신

공헌을 읽으셨을 때, 경탄하는 마음과 칭송하는 마음이

서로 앞을 다투어 말문이 막히실 정도였습니다.

곧이어 나머지 보고도 들으시고는 장군께서

그 견고한 노르웨이 진영에서도 추호의 두려움 없이

적군의 시체를 쌓아 올려 기이한 죽음의 장관을

만드셨음을 아셨습니다. 꼬리를 물 듯

전령들이 속속 도착해 도착하는 전령들마다

왕국을 지키고 위대한 공을 세우신 장군에 대한

찬사를 품고 와 폐하 앞에 쏟아부었습니다.

앵거스　저는 장군께 감사하는 폐하의 뜻을 전하고,

장군을 궁으로 모시기 위해 왔을 뿐,

포상 절차는 따로 준비될 것입니다.

로스　폐하께서는 보다 큰 영광에 대한 보증으로

장군을 코더의 영주라 부르도록 저에게 지시하셨습니다.

그러니 그 칭호로 축하드립니다. 코더의 영주님.

그 칭호는 이제 장군님의 것입니다.

밴쿠오　뭐라! 악마가 진실을 말할 수 있단 말인가?

맥베스　코더의 영주께서는 아직 엄연히 살아 계신데,

어찌하여 그의 옷을 저에게 입히십니까?

앵거스　영주였던 자가 아직 살아 있기는 합니다만,

엄중한 판결을 받고 처형을 앞두고 있습니다.

그가 노르웨이군과 결탁했는지,

비밀리에 반란군에게 원조와 편의를 제공했는지,

아니면 두 편 모두와 결탁해 이 왕국을 파멸시키려 했는지는

저로서는 알 수 없으나, 대역죄를 자백하고

증거가 드러났으니 그는 이제 파멸입니다.

맥베스　(방백) 글래미스와 코더의 영주라,

가장 큰 것이 남았구나. (로스와 앵거스에게) 수고해 주셔서
감사합니다.

(뱅쿠오에게 방백) 코더를 제게 준 자들이 약속했으니, 장군은
장군의 후손들이 왕이 되길 바라지 않으십니까?

뱅쿠오   (맥베스에게 방백) 그 말을 곧이곧대로 믿으신다면,
장군께서는 코더의 영주만이 아니라 왕관까지
바라시겠소. 허나 이상한 일입니다.
악마의 앞잡이들은 우리를 유혹해
해를 끼치기 위해 흔히 진실을 말한답니다.
사소한 일에는 정직하게 굴어 우리를 사로잡고,
중대한 일에는 배반해 치명적인 결과를 초래하지요.
두 분, 잠깐 할 말이 있소.

맥베스   (방백) 두 가지는 실현되었구나.
왕위에 오르는 찬란한 극에
알맞은 서막이야. 고맙소, 두 분.
(방백) 이 괴이한 충동은 좋을 수도 나쁠 수도 있다.
나쁘다면, 왜 내게 진실을 알려 성공의 시작을 보증했을까?
이제 나는 코더의 영주다.
만일 이게 좋은 일이라면, 왜 나는 이 유혹에 넋을 잃고,
그 무시무시한 환영에 머리칼이 쭈뼛 서며,
평소엔 동요할 줄 모르던 심장이 갈비뼈를 두드리는가?

눈앞의 공포는 상상 속의 공포보다는 덜 무서운 법.

살인은 아직 상상에 불과하건만,

그 생각은 이 몸을 뒤흔들어 분별력이 억측으로 마비되고,

환영 외에는 아무것도 보이질 않는구나.

밴쿠오 보시오. 우리의 동료가 넋을 잃고 있군요.

맥베스 (방백) 만일 나의 운명이 왕이 되는 것이라면,

애쓰지 않아도 왕관이 내 것이 될지도 모르지.

밴쿠오 새로운 명예를 얻었으니,

낯선 옷처럼 자꾸 입어 버릇해야

익숙해지는 법이지요.

맥베스 (방백) 될 대로 되라지.

아무리 궂은 날씨라도 시간이 흐르면 끝나기 마련이다.

밴쿠오 맥베스 장군, 모두 장군을 기다리고 있습니다.

맥베스 용서하십시오. 잊었던 일들이 떠올라

잠시 이 둔한 머리가 혼란스러워서요.

두 분의 수고는 마음에 적어 두고

매일 읽어 가며 되새기리다.

자, 폐하께로 갑시다.

(밴쿠오에게 방백) 오늘 있었던 일은 좀 생각해 봅시다.

시간을 두고 숙고한 뒤 후에 시간을 내

서로 속마음을 터놓고 이야기해 보지요.

밴쿠오 좋습니다.

맥베스 그러면, 오늘은 이만하고. 자, 모두 가시지요.

(모두 퇴장.)

4장

포레스 궁전

(나팔 소리. 덩컨, 맬컴, 도널베인, 레녹스, 시종들 등장.)

덩컨 코더의 처형은 집행되었는가?

　　집행관은 아직 돌아오지 않았느냐?

맬컴 폐하, 그들은 아직 돌아오지 않았습니다.

　　그러나 그자의 처형을 본 사람들이 말하길,

　　그가 반역을 꾀했음을 솔직하게 고백하고

　　깊이 뉘우치며 폐하께 용서를 구했다고 합니다.

　　그는 일생 동안 보여 준 것 중에 가장 훌륭한 태도로

　　죽음을 맞이했고, 마치 죽음을 연습이라도 해 온 양

　　자신이 소유한 가장 귀한 목숨을

마치 하찮은 물건처럼 미련 없이 버리고 갔다 합니다.

덩컨 사람의 얼굴만 봐서는

그 마음속을 알아낼 재주가 없구나.

그는 내가 절대적으로 믿었던 사람이었건만…….

(맥베스, 밴쿠오, 로스, 앵거스 등장.)

아, 내 자랑스러운 사촌 맥베스!

장군의 공에 보답하지 못해 지금 이 순간에도

나의 마음이 무겁다네. 자네의 공이 너무도 앞서

나의 보상에 빠른 날개를 달아도 따라잡기에는

느린 듯하니, 자네의 공적이 좀 적었더라면

나의 감사와 보상이 균형을 맞추었을 텐데!

내가 할 말은 이것뿐이라네. 자네에게 줄 수 있는

모든 포상을 합쳐도 자네의 공에 비하면

부족할 따름이라네.

맥베스 폐하께 충성을 바칠 수 있도록

허락하신 것이 제게는 포상입니다.

폐하께서 하실 일은 저희의 충성을 받으시는 것입니다.

저희는 백성이나 신하로서 직분을 다할 뿐,

폐하의 왕권과 왕위에 경의를 표하고,

사랑하고 존경하는 폐하의 안전을 위해

마땅히 해야 할 일을 할 뿐입니다.

덩컨 잘 왔소. 장군.

내 그대를 나무처럼 심어 두었으니,

충분히 자랄 수 있도록 힘쓰겠네. 뱅쿠오 장군,

자네의 공적 또한 맥베스에 못지않으며,

못하다 알려져서는 아니 될 것이네.

자, 장군, 안아 봅시다. 이 가슴에 힘껏.

뱅쿠오 저도 폐하의 품 안에서 자란다면,

그 열매는 폐하께 바치겠습니다.

덩컨 내 기쁨이 넘쳐 올라 눈물 속으로

그 모습을 감추려 하는구나. 왕자, 친척, 영주들,

그리고 가장 가까이에 있는 경들에게 선포하네.

나의 왕위는 장차 맬컴에게 계승하니,

이제부터 그를 컴벌랜드 공이라 부르도록 하시오.

이 명예는 그에게만 주어지는 것이 아니라,

영예의 표식이 모든 공신 위에 별처럼 빛날 것이오.

(맥베스에게) 이제 장군의 성 인버네스로 갑시다.

맥베스 장군께 좀 더 폐를 끼쳐야겠소.

맥베스 제게 폐하를 위해 쓰이지 않는 휴식이란

노동과 같습니다. 제 스스로 전령이 되어 폐하의

행차 소식을 제 아내에게 알려 기쁘게 듣도록 하겠습니다.

이만 물러가겠습니다.

덩컨 참으로 훌륭한 코더의 영주로다!

맥베스 (방백) 컴벌랜드 왕자라!

내가 걸려 넘어지던가, 아니면 뛰어넘어야 할

산이로구나. 내 가는 길목에 놓여 있으니.

별들이여, 빛을 감추어라!

이 검고 깊은 야망을 보지 마라.

눈은 손을 보지 못한 체하라. 그러나 해치워야 한다.

눈이 보기를 두려워하는 그 일을.

(맥베스 퇴장.)

덩컨 밴쿠오 장군. 듣던 대로

그는 정말 용감무쌍한 사람이네.

그에 대한 칭찬을 듣는 것은 내게 마치

향연에서 배부르게 먹고 즐기는 것과 같네.

자, 뒤따라갑시다. 우리를 환영하려 앞서 간 그를.

그는 정말 비길 데 없는 친척이오.

(나팔 소리. 모두 퇴장.)

5장
맥베스의 성, 인버네스

(맥베스 부인이 편지를 읽으며 등장.)

맥베스 부인 (소리 내어 읽는다.) "그들을 전투에서 승리한 날 만났다오. 나는 확실히 그들이 인간의 지식을 넘어서는 것을 알고 있음을 깨달았소. 내가 더 물어보고 싶은 욕망에 불탈 때, 그들은 공기가 되어 공중으로 사라졌다오. 내가 놀라움에 넋을 잃고 서 있자니, 왕의 전령이 와서 나를 '코더 영주'라 부르며 축하해 주더군요. 운명의 자매들이 앞서 나를 같은 이름으로 부른 데다가 나를 두고 '만세! 앞으로 국왕이 되실 분!'이라 인사했다오. 부인이 앞으로 우리가 약속받은 이 영광스러운 일을 나와 함께 기뻐할 수 있도록 나의

가장 소중한 반려자인 당신에게 이 일을 폐하는 것이 좋을
것이라 생각했다오. 이 일을 잘 생각해 보시오. 그럼, 이만
줄이오."
당신은 글래미스 영주님, 그리고 코더 영주님.
다음은 약속받은 신분이 되실 거예요.
그러나 나는 당신의 성격이 걱정되는군요.
일을 처리하는 가장 빠른 길을 선택하기에는
당신은 너무 나약하고 인정이 넘치는 분이죠.
당신은 위대해지고 싶어 하죠. 그러나 당신에겐
야망이 아니라, 야망을 성취하게 할 사악한 마음이 없어요.
높은 포부를 성스럽게 이루려 하죠. 이는
부정한 수단은 쓰지 않으면서도 부정한 것을 얻으려 하는 것.
글래미스 대영주님, 당신이 가지시려는 그것은
'반드시 해야 한다.'고 외치고 있어요. 그런데 당신은
그걸 실행하길 두려워하시고 있군요.
그러나 결국은 그 일을 하시게 될 겁니다.
일단 하시면, 후회하지 않으실 거고요.
어서 이리로 오세요. 제 기운을 당신에게 퍼부어 드리지요.
운명과 초자연적인 힘의 도움으로
당신이 쓸 황금의 왕관을 방해하는 모든 것을
내 용감한 혀끝의 힘으로 내쫓아드리지요.

(전령 등장.)

　　무슨 소식이냐?

전령 폐하께서 오늘 저녁 이곳으로 오십니다.

맥베스 부인 정신 나간 소릴 하는구나.

　　주인어른이 폐하와 함께 계시지 않느냐?

　　그렇다면 준비하라고 알리셨을 것이다.

전령 죄송하지만 사실입니다.

　　영주님께서 오시는 중입니다. 제 동료 하나가

　　주인어른을 앞질러 달려와 숨이 끊어질 듯 헐떡이며

　　겨우 이 소식만을 전해 주었습니다.

맥베스 부인 그를 보살펴 주어라. 굉장한 소식을 가져왔구나.

(전령 퇴장.)

　　까마귀조차 목이 쉬어 울부짖으며

　　덩컨의 운명적인 죽음을 알리는구나.

　　자, 오너라. 악령들이여. 너희들도

　　사람을 죽이는 이 일에 한몫 끼고 싶지 않느냐?

　　이 순간 나를 여자가 아니게 해다오.

　　머리부터 발끝까지 온 몸에 잔인함이 넘치도록 해다오.

　　내 피를 탁하게 하여 동정심으로 통하는 길목을 막아 버려라.

　　그래서 측은지심이 나의 잔인한 계획을 흔들지 말게 하며,

나의 목표가 달성될 때까지 평안이 깃들지 못하게 하라!
이 여자의 가슴에 들어와 내 젖을 쓰디쓴 담즙으로 바꿔다오.
캄캄한 밤아, 너도 와서 지옥의 가장 어두운 연기로
자신을 감추어라. 이 날카로운 단검이 만드는 상처를
스스로 보지 못하도록, 하늘도 어둠의 장막 사이로 엿보고
'멈추어라, 멈춰!'라고 외치지 못하도록!

(맥베스 등장.)

위대한 글래미스!
훌륭한 코더! 만세의 축복에 따라
그보다 더 위대하게 되실 분!
당신의 편지가 나를 이 무지한 현재를 뛰어넘어
지금 이 순간, 미래의 영광을 느끼게 하는군요.

맥베스 사랑하는 부인!
오늘 밤 덩컨이 이곳으로 온다오.

맥베스 부인 그러면 언제 떠나실 예정이죠?

맥베스 내일, 그의 예정대로라면.

맥베스 부인 아아! 그는 결코 내일의 태양을 보지 못할 거예요!
나의 영주님, 당신의 얼굴은 책과 같아서 사람들이
의심스러운 내용을 쉽게 읽어 낼 수 있다니까요.

세상을 속이시려면, 세상과 똑같은 표정을 지어 보이세요.

당신의 눈동자와 손과 혀로 반가움을 표시해야지요.

순진한 꽃처럼 보이되, 그 꽃 아래 숨은 뱀이 되는 겁니다.

오늘 밤 오실 손님을 위해 접대 준비를 해야겠어요.

오늘 밤 큰일은 저에게 맡기세요.

이 일로 앞으로 우리의 낮과 밤은

국왕의 권력과 위엄을 갖게 될 겁니다.

맥베스 좀 더 의논해 봅시다.

맥베스 부인 당신은 그저 밝은 얼굴만 보이세요.

안색을 바꾸는 것은 불안하다는 증거이니.

나머지 일은 제게 맡겨 주세요.

(모두 퇴장.)

6장
맥베스의 성 앞

(오보에 소리와 횃불. 덩컨, 맬컴, 도널베인, 밴쿠오, 레녹스, 맥더
프, 로스, 앵거스 그리고 시종들 등장.)

덩컨 이 성은 아주 좋은 곳에 자리 잡고 있구나.

　　공기는 상쾌하고 향기로워 사람의 마음을

　　유쾌하고 편안하게 해 주는구나.

밴쿠오 여름의 길손인 제비가 사원에 둥지를 튼 것을 보니

　　이곳의 공기가 얼마나 향기로운지 알 수 있습니다.

　　추녀 끝, 기둥 위, 버팀벽, 그 밖에 적절한 곳이면 어디든지

　　제비들이 둥지를 틀고 새끼를 치니, 제가 보아 온 바로는

　　제비들이 자주 드나들고 새끼를 치는 곳이면

공기가 상쾌하기 마련이지요.

(맥베스 부인 등장.)

덩컨 아, 보시오. 이 댁의 부인이 오시는구먼.

호의도 지나치면 때로는 귀찮아지는 법이지만,

그래도 호의는 그 자체로 감사한 법이지요.

부인께 수고를 끼치게 되었습니다.

수고의 대가로 부인은 신께 짐을 축복하도록 빌어야 하고,

귀찮게 해 준 것에 짐에게 감사해야 하겠군요.

맥베스 부인 왕실에 대한 저희의 봉사를 두 배로 늘리고,

그것을 또다시 두 배로 늘린다 하더라도

폐하께서 베푸신 넓고도 깊은 은총에 비하면

보잘것없는 것이지요.

예전에 내리신 작위에 이번에 내려주신 작위를 더하니

저희는 은둔자처럼 폐하의 안위만을 위해 기도할 뿐입니다.

덩컨 코더 영주는 어디에 있소?

짐은 그의 뒤를 바짝 쫓아 그를 앞지를 생각이었는데,

그가 워낙 승마에 능한 데다가, 충성의 마음을

날카로운 박차처럼 이용하여 서둘러 가니,

우리로서는 도저히 앞지를 수가 없었다오.

아름다운 부인, 오늘 밤 우리는 부인의 신세를 지는 손님이요.

맥베스 부인 폐하의 신하인 저희는

저희 하인이나 저희 자신과 모든 재산을

폐하로부터 위탁받아 가지고 있는 것이니

폐하가 원하실 때 분부만 내리시면

언제라도 폐하께 돌려드릴 것입니다.

덩컨 자, 손을 이리 주시오.

짐을 주인에게로 안내해 주오.

짐은 그를 크게 아끼니, 그에 대한 짐의 총애는

변함없을 것이오. 그럼, 갑시다.

(모두 퇴장.)

7장

°°°°°°

맥베스의 성안

(오보에 소리와 햇불. 시종장과 접시와 식기를 든 하인들이 무대
를 가로질러 간다. 맥베스 등장.)

맥베스 만약 그 일을 해치우고, 그것으로 끝나는 것이라면,
        그러면 빨리 해치우는 편이 나을 것이다. 왕의 암살로서
        뒤따르는 모든 결과를 옭아매고, 그의 죽음과 함께
        성공을 손아귀에 넣을 수만 있다면,
        단번의 일격이 모든 일의 시작이자 종말이라면,
        그렇다면 여기, 바로 여기서, 이 시간의 여울에서
        내세를 걸고 모험을 해 볼 것이다.
        그러나 이런 일은 반드시 현세에서 심판을 받는 법.

살생의 교훈은 한 번 가르쳐 주면,
그것을 배운 자에게 거꾸로 되돌아오는 법이지.
공평하신 정의의 신은 독살을 준비하는 자의
입에 독을 퍼부으시는 법이거든.
왕은 나를 이중으로 신뢰하기에 여기에 와 있다.
첫째, 내가 그의 친척이고 신하로서 그런 행위에
강하게 반대해야 하며,
둘째, 이 집의 주인으로서
암살자의 침입을 막아 문을 잠가야 마땅하지,
내 자신이 칼을 들어선 안 되기 때문이다.
더구나 덩컨 왕은 인자한 데다가 청렴하게
왕권을 수행해 왔으니, 그의 미덕은
나팔의 혀를 지닌 천사처럼
그를 암살한 자의 저주받을 악행을
천하에 알릴 것이다. 연민의 정은 벌거숭이
갓난아기처럼 돌풍을 타고, 혹은 하늘의 천사처럼
보이지 않는 바람의 말 위에 올라타
이 끔찍한 행위를 만인의 눈 속에 새겨,
그 눈물로 바람을 잠재울 것이다.
내 음모의 옆구리를 찌르는 박차라곤
오로지 끓어오르는 야심뿐, 그러나 이걸로는

말안장에 뛰어올라 타려다 반대편으로

나가떨어지는 꼴이 될 뿐이다.

(맥베스 부인 등장.)

　왜, 무슨 일이 있소?

맥베스 부인 왕께서는 거의 저녁식사를 마치셨어요.

　왜 방을 나가셨어요?

맥베스 왕께서 나를 찾으셨소?

맥베스 부인 그걸 모르고 계셨어요?

맥베스 우리 이 일을 더 이상 추진하지 맙시다.

　그는 이번에 내게 큰 포상을 베풀어 주었고,

　나는 뭇사람들로부터 좋은 평판을 받고 있소.

　그러니 이를 재빠르게 벗어던질 것이 아니라,

　지금의 빛나는 새 옷을 좀 더 입고 있겠소.

맥베스 부인 지금껏 입고 있던 희망이라는 옷은 술에 취해 있었

　나요?

　그 후로 계속 잠들어 있었나요? 그래서 이제 깨어나

　꿈속에선 그렇게 마음대로 했던 일을 제대로 보고는

　창백하고 시퍼렇게 질린 얼굴을 하고 계신 건가요?

　지금부턴 당신의 사랑도 그런 줄로 알겠어요.

당신은 바라는 것을 이룰 행동과 용기를 내길

두려워하시는 건가요? 당신은 인생에서

귀한 장식이 될 왕관을 가지고 싶어 하면서도,

속담 속의 고양이*처럼 '갖고 싶다.' 하면서도

'감히 할 수 없어.' 하면서

평생 비겁자로 살 생각이에요?

맥베스   제발 그만하시오.

사내대장부가 할 만한 일이라면,

난 무엇이든 과감히 하겠소.

그러나 도가 지나치면 인간이 아닌 거요.

맥베스 부인   그럼, 그 계획을 내게 말할 때

당신은 무슨 짐승이었단 말이에요?

감히 이 일을 하겠다 마음먹었을 때,

당신은 사내대장부였어요.

전보다 더 과감해지면 당신은

더욱 큰 남자가 될 수 있어요. 그땐 시간과 장소가 적당치

않았는데도 당신은 그 둘을 맞춰 보려 하셨죠.

지금은 그 둘이 저절로 맞아떨어지는데도,

이번엔 당신이 나서서 그걸 허물어뜨리는군요.

나는 아기에게 젖을 먹여 본 적이 있어요.

그래서 젖을 빼는 아기가

얼마나 사랑스러운지 잘 알고 있어요.

그러나 만약 제가 당신처럼 맹세를 했다면,

그 어린 것이 나를 보고 방실방실 웃는다 해도

그 말랑말랑한 잇몸에서 젖꼭지를 확 잡아채어

아기의 머리통을 단번에 박살 냈을 겁니다!

맥베스 만약 우리가 실패한다면?

맥베스 부인 우리가 실패한다고요?

당신이 있는 힘껏 용기를 내신다면

실패할 리 없잖아요. 덩컨이 잠들면

오늘의 피곤한 여행이 깊은 잠을 들게 할 테니,

내가 두 명의 침실 당번을 포도주로 취하게 만들겠어요.

그러면 뇌를 지키는 기억은 연기로 변하고

이성이 담겨진 그릇은 증류기처럼 증기로

가득 찰 거예요. 그것들이 술에 절어 돼지처럼 잠들어

죽은 듯이 누워 있으면, 무방비의 덩컨에게

당신과 내가 무슨 짓이든 못하겠어요?

만취한 당번들에게 죄를 뒤집어씌우면,

그들이 우리의 대역죄를 떠맡지 않겠어요?

맥베스 부인은 사내아이만 낳을 거요!

두려움을 모르는 그 기질이

사내아이만을 만들어 낼 수 있을 테니.

그 방에서 자고 있는 두 놈에게 피 칠을 해 두고

그들의 단검을 사용한다면,

그들의 소행으로 받아들여지지 않겠소?

부인 누가 의심하겠어요.

우리가 왕의 죽음을 슬퍼하며 대성통곡하면.

맥베스 그렇다면 결심했소.

이 무시무시한 일을 위해 혼신의 힘을 다하겠소.

자, 갑시다. 가장 아름다운 모습으로 모든 사람을 속입시다.

마음속의 흉악한 거짓은 가면으로 감추고 말이오.

(모두 퇴장.)

제
2
막

1장

∞∞∞∞∞

맥베스 성안의 뜰

(밴쿠오와 횃불을 든 플리언스 등장.)

밴쿠오 얘야, 밤이 얼마나 깊었느냐?

플리언스 달은 졌는데, 종소리는 듣지 못했습니다.

밴쿠오 달은 자정에 진단다.

플리언스 자정은 지난 것 같습니다, 아버지.

밴쿠오 자, 내 검을 받아라. 하늘도 절약을 하는 모양이다.

　　　그곳의 촛불이 모두 다 꺼진 것을 보니. 이것도.

　　　깊은 졸음이 무거운 납덩이처럼

　　　나를 짓누르는데도, 자고 싶지는 않구나.

　　　자비로운 천사들이여!

잠이 들면 찾아오는 저주받을 망상들을 억제해 주소서!

(맥베스와 횃불을 든 시종 등장.)

　내 검을 다오.

　거기 누구냐?

맥베스　친구요.

뱅쿠오　그렇구먼! 아니 여태 안 주무셨소?

　왕은 잠자리에 드셨소. 굉장히 만족하신 모양이오.

　이 집의 종들에게도 두루 선물을 내리셨지요.

　이 다이아몬드는 극진한 대접에 대한 감사의 표시로

　장군의 부인에게 내리신 선물이오.

　폐하께서는 오늘 하루를 만족스럽게 보내신 듯하오.

맥베스　준비를 하지 못해

　마음과 달리 갖추지 못한 것이 많았다오.

　여유만 있었으면 마음껏 대접을 해 드렸을 텐데.

뱅쿠오　모든 것이 좋았소. 그런데

　간밤에 나는 그 세 마녀의 꿈을 꾸었다오.

　그들이 장군께 해 주었던 예언의 일부가 적중했지요.

맥베스　나는 그들에 대해 생각하지 않았소만,

　적당한 기회를 봐서 우리 함께

그 문제에 대해 논의해 보도록 합시다.

밴쿠오 편하신 어느 때나 좋습니다.

맥베스 장군이 때가 왔을 때 저와 의견을 같이 하신다면,

명예로운 지위를 얻으실 겁니다.

밴쿠오 명예를 더하려다 오히려 잃지 않고,

결백한 마음과 충성심을 간직할 수 있다면,

그렇게 하겠소.

맥베스 그러면 편히 주무시오.

밴쿠오 고맙소. 장군도 편히 쉬시오.

(밴쿠오와 플리언스 퇴장.)

맥베스 (시종에게) 가서 마님께 술이 준비되거든

종을 울리시라고 일러라.

그리고 너는 물러가 자거라.

(시종 퇴장.)

이것은 단검인가, 내 눈앞에 보이는 이것이?

내 손을 향해 칼자루를 보이는 이것이?

어디 한번 잡아 보자.

잡히지는 않는구나. 하지만 여전히 보인다.

죽음의 환영이여, 너는 볼 수는 있되,

만질 수는 없단 말인가?

아니면 너는 열기에 들뜬 머리에서 나온

마음속의 단검, 헛된 환상인가?

아직도 보이는구나. 지금 내가 뽑아 든

이 단검과 똑같은 모습으로.

너는 내가 가려던 길로 나를 이끄는구나.

그리고 나는 너와 같은 흉기를 사용하려 했고.

내 눈이 다른 감각의 놀림감이 되었든지,

아니라면 나머지 감각을 모두 합친 것보다 낫구나.

아직도 보인다. 칼날과 손잡이에 지금까지 없던

핏방울이 떨어지고 있어.

그런 건 없어. 이건 내가 세운 피비린내 나는 계획이

만든 환상이야. 지금 세상의 절반은

만물이 죽은 듯 조용하고, 악몽이 장막에 가려진

단잠을 어지럽히고 있다. 마녀들은 창백한

헤커트에게 제물을 바치고, 움츠렸던 살인자는

파수꾼 늑대의 울음소리를 신호로 행동을 개시하며,

은밀한 걸음으로, 유부녀를 겁탈하려 가는 타르퀸의

걸음으로, 제물을 향해 유령처럼 움직인다.

확고부동한 대지여,

내 발걸음이 어디로 향하든, 발소리에 귀를 막아다오.

행여 돌들이 내가 있는 곳을 재잘거려, 지금 이 시각에

어울리는 소름 끼치는 적막을 깨뜨릴까 두려우니.

내가 말로만 위협하는 동안은 그는 살아 있다.

말은 실행의 열기를 식혀 주는 냉기에 지나지 않는다.

(종이 울린다.)

내가 간다. 그럼 끝나겠지. 종소리가 나를 부르는구나.

듣지 마라, 덩컨이여. 이 소리는 그대를

천국이나 지옥으로 부르는 조종이니.

(퇴장.)

2장
°°°°°°
맥베스의 성

(맥베스 부인 등장.)

맥베스 부인 그자들을 취하게 만든 이 술은

나를 대담하게 만들고,

그자들을 잠잠하게 만든 이것은 나를 불붙여 놓는구나.

(올빼미 울음소리가 들린다.)

저 소리는 뭐지? 쉿!

올빼미 울음소리구나. 잘 자라는 최후의 인사를

음울하게 폐하는 불길한 야경꾼.

지금쯤 그이는 그 일을 하고 계실 테지.

문은 활짝 열려 있고, 만취한 시종들은 코를 골며,

자신들의 임무를 비웃고 있겠구나.

내가 그들의 술에 약을 탔으니,

죽음의 신과 삶의 신이 그들을 죽일까 살릴까

다투고 있을 게다.

맥베스 (안에서) 거기 누구냐? 무슨 일이냐?

맥베스 부인 저런! 그들이 깨어나 일을 그르칠까 걱정이다.

이 일이 성사되지 못하면, 우리는 망하는 거야!

저 소리는! 내가 그자들의 단검을 빼서 그이가 볼 수 있는 곳에 두었으니 그이가 그걸 못 보았을 리 없지. 덩컨의 자는 모습이 나의 아버지를 닮지만 않았더라도 내가 해치웠을 거야.

(맥베스 등장.)

여보!

맥베스 해치웠소. 무슨 소리 못 들었소?

맥베스 부인 올빼미와 귀뚜라미가 우는 소린 들었어요.

당신이 뭐라 말하지 않았어요?

맥베스 언제?

맥베스 부인 방금요.

맥베스 내가 내려왔을 때?

맥베스 부인 네.

맥베스 들어봐!

두 번째 방에는 누가 있지?

맥베스 부인 도널베인이요.

맥베스 이 무슨 비참한 꼴인가.

맥베스 부인 바보 같은 소리! 비참한 꼴이라니요.

맥베스 한 놈은 자면서 웃고,

또 한 놈은 "살인이야!"라고 외치더군.

그러더니 서로 깨어나더군. 내가 가만히 서서

얘기 듣자니 그들은 기도를 드리고 다시 잠들었소.

맥베스 부인 둘은 함께 자고 있었죠.

맥베스 한 놈이 "신이여, 자비를 베푸소서." 하자

다른 놈이 "아멘."을 외쳤지.

살인하는 나의 손을 보기라도 한 듯이 말이오.

그들이 "자비를 베푸소서."라 할 때

그 공포에 질린 기도를 듣고도 나는 "아멘."이라 할 수 없었소.

맥베스 부인 그건 그렇게 깊게 생각하지 마세요.

맥베스 그런데 왜 나는 '아멘'이란 말을 하지 못했을까?

나처럼 절실하게 신의 자비가 필요한 자도 없을 텐데

'아멘' 소리가 목에 걸려 나오질 않았소.

맥베스 부인 이 일을 그런 식으로 생각하지 마세요.

그렇게 생각하시다간 미쳐 버리실 거예요.

맥베스 내 생각엔 누가 외치는 소리를 들은 것 같소.

"더 이상 잠들지 못할 것이다!

맥베스는 잠을 죽여 버렸다."라고.

그 순진한 잠을.

엉클어진 근심 걱정을 말끔히 정돈해 주는 잠을.

매일의 삶을 마무리시키는 잠을.

힘겨운 노동의 피로를 씻어 주고,

상처 입은 마음을 진정시키는

대자연이 주는 최고의 음식이자,

인생의 향연에서 가장 영양이 풍부한 잠을.

맥베스 부인 무슨 말씀을 하시는 거예요?

맥베스 여전히 그 목소리가 외치고 있어.

"더 이상 잠들지 못할 것이다!"

온 집안을 울리는군.

"글래미스는 잠을 살해했으니,

코더는 더 이상 잠을 잘 수 없다.

맥베스는 더 이상 잠들지 못할 것이다!"

맥베스 부인 그렇게 외치는 것이 도대체 누구란 말이에요?

당신은 위대한 영주예요.

왜 어리석은 생각으로 당신의 귀한 능력을

헛되이 소비하는 거예요?

자, 물을 떠다가 손에 묻은 증거,

그 더러운 핏자국이나 씻어 내세요!

아니, 단검은 왜 가져오셨어요!

그것들은 거기에 놓아두셨어야죠.

얼른 다시 가져가서 그 두 시종들에게

피를 칠해 놓고 오세요.

맥베스 난 더 이상 그곳에 가지 않겠소.

내가 한 일을 생각하면 두려워

감히 그걸 다시 쳐다보지도 못하겠소.

맥베스 부인 나약한 소리!

그 단검을 이리 주세요! 잠든 자와 죽은 자는

그림에 지나지 않는 것. 그려져 있는 귀신을 보고

두려워하는 건 어린아이들이나 하는 짓이에요.

아직도 그가 피를 흘리고 있다면

그 피로 시종들의 얼굴을 칠해 놓을 겁니다.

그들에게 죄를 뒤집어씌워야 하니까요.

(맥베스 부인 퇴장. 안에서 노크 소리.)

맥베스 어디서 문을 두드리는 거지?

내가 왜 이럴까. 소리만 들어도 깜짝 놀라다니?

하! 이 손 꼴이 무엇이란 말인가?

눈알이 잡아 뽑히는 듯하구나.

저 위대한 넵튠의 모든 바닷물을 쓴데도

내 손에 묻은 피가 깨끗이 씻길까?

아니다, 내 손이 오히려 그 무한한 바닷물을

핏빛으로 물들여, 푸른 바다를 붉게 바꿔 놓겠지.

(맥베스 부인 다시 등장.)

맥베스 부인 내 손도 같은 색이 되었군요.

그러나 난 당신처럼 창피하게

창백히 질린 심장을 갖지는 않았답니다.

(노크 소리.)

남쪽 입구에서 문을 두드리는 소리가 들리네요.

우리는 방으로 들어갑시다.

이 일은 약간의 물이면 깨끗해질 테니, 얼마나 쉬워요?

당신은 굳건한 마음을 잃어 가고 있어요.

(노크 소리.)

들어 보세요, 또 문을 두드리네요.

잠옷으로 갈아입어요. 불러 나갈 경우

깨어 있었다는 의심을 받으면 곤란하니.

그렇게 맥없이 생각에 빠져 계시면 안 돼요.

맥베스 내가 한 일을 생각하느니

　　내 자신을 잊는 것이 낫겠소.

(노크 소리.)

　　그렇게 두드려, 덩컨 왕을 깨워라. 할 수만 있다면.

(모두 퇴장.)

3장
°°°°°°
같은 곳

(노크 소리. 문지기 등장.)

문지기 정말 심하게도 두드리는구먼. 어떤 놈이 지옥의 문지기
였어도 엄청나게 열쇠를 돌려야 했을 거야. (노크 소리.) 두
드려라, 두드려, 두드리라고. 지옥대왕 바알세불의 이름으
로 묻노니, 게 누구냐? 풍년이 들까 봐 목을 매단 농부가 오
셨구나. 들어오너라. 이 기회주의자야. 손수건이나 넉넉히
준비해라. 여기선 땀깨나 흘릴 테니. (노크 소리.) 두드려라.
두드려. 나머지 악마의 이름으로 묻노니, 게 누구냐? 옳지.
여기 모호한 말재주로 저울 양편에 거짓 맹세를 매어 둔 거
짓말쟁이가 오셨구먼. 신의 이름을 팔아 죄는 범했지만, 모

호한 말로 하늘을 속여 천국에 가실 수는 없었으렷다! 아!
들어오시게. 이 모호한 말재주꾼아. (노크 소리) 두드려라.
두드려. 거기 누구냐? 옳지. 프랑스식 바지에서 옷감을 떼
어 먹은 영국 재단사로구만. 들어오시지. 이 재단사야. 여기
선 네 놈의 다리미를 달구기 좋을 게다. (노크 소리.) 두드
려라. 두드려. 잠시도 조용할 틈이 없구나. 너는 대체 뭐하
는 놈이냐? 그런데 여긴 지옥치곤 너무 춥단 말이야. 지옥
의 문지기 노릇도 더 이상은 못해 먹겠다. 환락의 길을 더
듬다가 영원한 지옥불로 가는 사람은 직업을 불문하고 얼
마든지 들여보내 주려 했는데. (노크 소리.) 갑니다. 가요!
부디 이 문지기를 잊지 말아 주십쇼. (문을 연다.)

(맥더프와 레녹스 등장.)

맥더프 여보게. 이렇게 늦잠을 잔 것을 보니,

간밤에 늦게 잠자리에 들었던 모양이구만.

문지기 그렇습니다, 나리. 두 번째 닭이 울 때까지 진탕 마셨습

죠. 술은, 나리, 크게 세 가지를 자극시킨답니다.

맥더프 술이 자극한다는 세 가지가 무어냐?

문지기 아이고, 나리. 딸기코와 졸음, 그리고 소변입죠, 나리. 색

욕은 자극시켰다가 안 했다 합니다요. 욕망은 일으키되, 실

행 능력은 빼앗으니 말이죠. 고로, 과음은 색욕에 관해서는 애매한 말로 거짓을 일삼는 놈입니다요. 그것은 그놈을 일으켰다가 쓰러뜨리고, 부추겼다가 힘을 빼고, 설득해 놓고는 실망시키고, 착수시켰다가 꽁무니를 빼 버린답니다. 결론적으로, 색욕에게 모호한 말로 속여 잠 속으로 나자빠뜨려 놓고 그대로 내버려 둔다 이 말입니다요.

맥더프 자네도 지난밤 술을 마시고는 나자빠졌나보군.

문지기 그랬습지요, 나리. 목덜미를 잡혀 쓰러졌지요. 하지만 저도 그놈의 술에 앙갚음을 해 줬답니다. 제 생각엔 술이란 놈에겐 제가 너무 강한지라 놈이 때로는 제 다리를 잡아 비틀거리게는 했지만, 결국 제가 그놈을 내동댕이쳐 버렸지요.

맥더프 주인어른께서는 일어나셨느냐?

(맥베스 등장.)

맥더프 우리가 문을 두드리는 통에 깨셨구나.

　　　　이리로 오시는군.

레녹스 안녕하십니까, 영주님!

맥베스 두 분께서도 안녕하시오.

맥더프 폐하께서는 일어나셨습니까?

맥베스 아직 안 일어나셨소.

맥더프　폐하께서는 제게 아침 일찍 깨우라 분부하셨지요.

　　까딱하면 늦을 뻔했군요.

맥베스　폐하께 안내해 드리지요.

맥더프　이런 일이 장군께서 즐거운 수고인 줄은 알지만

　　그래도 수고는 수고지요.

맥베스　즐겨서 하는 일이니 수고랄 것도 없지요.

　　이 문이오.

맥더프　무엄한 줄 알지만, 들어가 뵈어야겠습니다.

　　그렇게 명령을 받았으니.

(맥더프 퇴장.)

레녹스　폐하께서는 오늘 이곳을 떠나십니까?

맥베스　그렇소. 그럴 예정이시지요.

레녹스　지난밤은 참 사나웠습니다.

　　저희가 묵은 곳에서는 굴뚝이 바람에 무너지고,

　　사람들이 말하길 하늘에서 비탄의 소리와

　　기이한 죽음의 비명이 울렸다 합니다.

　　거기에 불행한 세상에 닥칠 무시무시한 소동과

　　혼란을 예언하는 소리가 들리고,

　　불길한 새소리가 밤새 들렸다고도 합디다.

　　어떤 이들은 대지가 열병이 걸린 듯

　　벌벌 떨었다고도 하고요.

맥베스 험한 밤이었지요.

레녹스 젊은 제 기억으로는

이보다 더한 밤은 없었습니다.

(맥더프 재등장.)

맥더프 아, 무서운 일! 무섭다! 무서워!

입으로, 아니 마음으로도 품거나 형언할 수 없는 일이!

맥베스, 레녹스 무슨 일이오?

맥더프 끔찍한 일이 벌어졌구나!

가장 신성 모독적인 살인이 발생해

주님이 기름 부으신 신성한 육체를 갈라

그 신전에서 생명을 도둑질해 갔소!

맥베스 도대체 무슨 말이오, 생명이라니?

레녹스 폐하의 생명을 말하는 거요?

맥더프 침실로 가 새로 태어난 고르곤 같은

광경을 보고 두 분의 눈도 멀게 하시오.

나더러 말하라 묻지 마시고,

가서 보시고 직접 말씀해 보시오.

(맥베스와 레녹스 퇴장.)

일어나라! 일어나!

경종을 울려라! 살인이다! 반역이다!

밴쿠오, 도날베인, 맬컴, 일어나시오!

죽음의 모조품인 보드라운 잠은 던져 버리고,

진짜 죽음을 보시오! 일어나시오!

일어나 최후의 심판의 날과 같은 이 광경을 보시오!

맬컴! 밴쿠오! 자신의 무덤에서 걸어 나오듯

유령처럼 걸어 나와 이 끔찍한 광경을

좀 보시오! 종을 울려라!

(종이 울린다. 맥베스 부인 등장.)

맥베스 부인 무슨 일이십니까?

이토록 소란스럽고 불길한 경종을 울려

온 집안의 사람들을 깨우고 계시니?

말씀해 주세요! 말씀을!

맥더프 오, 인자하신 부인.

말씀드릴 수는 있으나

부인께서 들으시면 안 될 것입니다.

부인께선 이런 말을 듣기만 해도

기절하고 돌아가실 테니.

(밴쿠오 등장.)

　　오, 밴쿠오! 밴쿠오!
　　우리의 주군이신 왕께서 피살되셨소!
맥베스 부인　아니, 그럴 수가!
　　뭐라고요! 우리 집에서?
밴쿠오　어디에서건 너무도 잔인한 일입니다.
　　맥더프, 제발 방금 한 말을 부정하고
　　그렇지 않다고 말해 주게.

(맥베스, 레녹스 재등장.)

맥베스　내가 이 참변이 일어나기
　　한 시간 전에만 죽었던들,
　　행복한 삶을 살았다 할 것을.
　　이 순간 이후로 세상의 삶에
　　중요한 일이라고는 하나도 없게 되었소.
　　만사는 장난감에 불과하고
　　명예도, 미덕도 죽었소.
　　인생이란 술은 마르고
　　술 창고에 남은 것은 찌꺼기뿐이오.

(맬컴과 도널베인 등장.)

도널베인 무슨 일이오?

맥베스 두 분께 변고가 일어났는데,

　　　모르고 계셨군요.

　　　두 분의 혈통의 샘이, 근원이, 원천이 끊어지셨습니다.

맥더프 부왕께서 시해당하셨습니다.

맬컴 네? 도대체 누가?

레녹스 두 호위병의 짓인 듯 보입니다.

　　　그들의 손과 얼굴은 온통 피투성이고,

　　　그들의 단검도 마찬가지인데,

　　　닦지도 않은 채 베개 위에 놓여 있었고,

　　　그자들은 멍하니 쳐다만 보고 있었습니다.

　　　도저히 누구의 생명도

　　　그들에게 맡겨서는 안 될 자들로 보였습니다.

맥베스 아, 격분한 나머지 내가 정신을 잃고

　　　그들을 베었으니, 이제와 후회가 되는군요.

맥더프 왜 그리하셨소?

맥베스 그 누가 당황한 가운데 현명하게,

　　　분노한 가운데 침착하게,

　　　충성심에 불타면서도 냉담할 수 있겠소?

그런 자는 없을 것이오.

의분에 넘치는 내 충정이

서둘러 사리를 분별하는 이성을 앞질렀구려.

이쪽에는 덩컨 왕께서

은빛 피부가 금빛 피로 얼룩진 채

누워 계시고, 칼로 벌어진 상처는

파괴와 파멸이 들어가려고 뚫은

생명의 구멍처럼 보였소. 그런데 저쪽에는

살인자들이 직업에 어울리는 핏빛으로 물들어 있고,

그자들의 단검은 피가 엉겨 있었소.

충정을 가진 자, 충정을 행동으로 바꿀 용기를 가진 자,

어찌 참고 가만히 있을 수 있었겠소?

맥베스 부인 아, 누가 저 좀 부축해 주세요!

맥더프 부인을 돌보아 드리시오.

맬컴 (도널베인에게 방백) 왜 우리는 입을 다물고 있을까?

이건 우리와 가장 관계있는 문제인데 말이야.

도널베인 (맬컴에게 방백) 여기서 무슨 말을 한단 말입니까.

어떤 운명의 신이 어느 송곳 구멍 속에서 달려 나와

우리를 잡을지 모르는 이곳에서? 이 자리를 뜹시다.

아직은 우리가 눈물을 흘릴 때가 아니니.

맬컴 (도널베인에게 방백) 우리의 큰 슬픔을 느낄 새도 없구나.

밴쿠오 부인을 돌봐 주시오.

(부인이 도움을 받으며 퇴장.)

그리고 거의 벌거벗어 떨고 있는 우리 몸을 가린 후

다시 만나 이 무도한 시해의 진상을 조사해 알아봅시다.

우리는 공포와 의심에 떨고 있소.

나는 이제부터, 신의 위대하신 손길에 의지해,

밝혀지지 않은 흉악한 반역의 음모에 대항해 싸울 것이오.

맥더프 나도 그럴 것이오.

일동 우리도.

맥베스 그렇다면, 모두 급히 적절한 복장을 갖추고

홀에서 모입시다.

일동 좋습니다.

(맬컴과 도널베인만 남기고 모두 퇴장.)

맬컴 어쩔 셈이냐? 저자들과 함께 행동할 수 없다.

마음에도 없는 슬픔을 보이는 건

위선자라면 누구나 할 수 있는 일.

나는 잉글랜드로 가겠다.

도널베인 전 아일랜드로 가겠습니다.

우리가 갈라지는 것이 서로에게 더 안전할 겁니다.

우리가 있는 이곳은 사람들의 웃음 속에 비수가 있어요.

핏줄이 가까울수록 더 우리를 살해하고 싶어 할 테니.

맬컴 시위를 떠난 살기 어린 화살이

아직 땅에 떨어지지 않았구나.

표적에서 벗어나는 것만이

우리에겐 가장 안전한 길이야.

말에 오르자. 이러저러 작별인사 할 것도 없다.

몰래 빠져나가자. 자비가 없는 상황에선

몰래 도망가 자신의 생명을 훔쳐 내는 것이 정당한 법.

(모두 퇴장.)

4장

맥베스의 성 밖

(로스와 노인 등장.)

노인 육십 하고도 십 년을 더한 평생을

저는 잘 기억하고 있지요.

한 권의 책과 같은 그 시간 동안

이런저런 끔찍한 시절과 이상한 것들을 보아 왔지만,

무시무시한 지난밤에 비하면 아무것도 아니었습니다.

로스 아, 어르신.

하늘이 인간의 잔인한 행동을 괘씸히 여겨

피비린내 나는 이 무대를 위협하고 있는 듯합니다.

시각은 분명 낮인데, 시커먼 밤의 장막이

운행 중인 태양의 목을 조르고 있습니다.

생기 있는 햇빛이 땅을 비춰야 할 이 시각에

어둠이 대지를 덮고 있으니,

이는 밤의 세력이 권세를 부리는 탓일까요?

아니면 낮이 부끄러워하는 탓일까요?

노인 심상치 않습니다.

누군가가 저지른 행위와 같이 말입니다.

지난 화요일에는 하늘 높이 솟은 매가

쥐나 잡는 올빼미에게 잡혀 죽임을 당했답니다.

로스 그리고 덩컨 왕의 말들은

참으로 기이한 일이지만,

그토록 훌륭하고 빨라 무리 중에서도

총애를 받던 말들이 성질이 사나워져,

마구간을 부수고 뛰쳐나와

인간에게 도전하는 듯 복종을 거부하며 대들었다 합니다.

노인 그들은 서로 물어뜯었다지요.

로스 그랬답니다. 그걸 제 눈으로 보고는 깜짝 놀랐습니다.

(맥더프 등장.)

여기 맥더프 경이 오시는군요.

세상이 어떻게 돌아가고 있는 겁니까, 영주님?

맥더프 경은 보지 못하고 계시오?

로스 이 잔인무도한 시해의 주도자가 누군지 알려졌소?

맥더프 맥베스가 죽인 두 놈이지요.

로스 아아, 저런! 도대체

　　무엇을 바라고 그런 짓을 했을까요?

맥더프 매수되었던 거요.

　　맬컴과 도널베인이 도망쳤소.

　　그래서 두 왕자가 범행에 대한 혐의를 받고 있지요.

로스 그 역시 자연의 이치에 어긋나는군요.

　　절제를 모르는 야심이여,

　　앞으로 받을 왕위의 근원을 탐식하다니!

　　그렇다면 왕위는 맥베스에게로 돌아가겠군요.

맥더프 벌써 왕으로 추대되어 스쿤으로 떠났소.

로스 덩컨 왕의 유해는 어디에 모셔졌습니까?

맥더프 선왕 대대로 이어 왔던 묘소이고,

　　그들의 유골이 안장된 콤킬로 운구하였소.

로스 경은 스쿤으로 가십니까?

맥더프 아니요, 파이프로 갈 겁니다.

로스 저는 스쿤으로 가겠습니다.

맥더프 그곳에서의 모든 일이 잘 되길 바랍니다.

잘 가시오. 상황이 더 나빠지지 않길 빌겠습니다.

로스 어르신, 안녕히 계십시오.

노인 하느님의 축복이 함께하시길.

악을 선으로, 적을 친구로 만드는 분께도 축복이 있기를!

(모두 퇴장.)

제
3
막

1장
°°°°°°
포레스 궁

(뱅쿠오 등장.)

뱅쿠오 마녀들이 약속한 대로 왕위, 코더, 글래미스까지
이제 넌 모든 걸 가졌구나.
그리고 나는 네가 부정한 방법으로
이것들을 이룬 것은 아닌지 걱정이다.
그러나 왕위는 네 후손에 계승될 게 아니라,
나라는 뿌리로부터 대대로 이어진다 했지.
그들의 말이 진실로 이뤄진다면,
맥베스 위에 그들의 예언이 빛나듯,
네게 이루어진 좋은 일들이 내게도

이뤄지지 말라는 법은 없지.

나의 예언이 실현되길 바라서

안 될 이유는 없다. 그러나 쉿! 그만하자.

(음악 소리. 왕이 된 맥베스, 왕비가 된 맥베스 부인, 레녹스, 로스, 귀족들과 시종들 등장.)

맥베스 여기 가장 중요한 손님이 계셨구먼.

맥베스 부인 이분을 잊었다면 우리의 큰 잔치에 구멍이 난 것처럼

　　모든 것이 어울리지 않았을 거예요.

맥베스 장군, 오늘 밤 우리가

　　성대한 만찬을 베풀려 하니, 참석해 주길 바라오.

뱅쿠오 폐하께서 내리시는 명령은

　　저의 의무에 풀 수 없는 매듭으로

　　영원히 매여 있으니 그리하겠습니다.

맥베스 장군은 오늘 밤 말을 타고 어디에 가신다지요?

뱅쿠오 그렇습니다, 폐하.

맥베스 그러지 않으면 짐은 오늘 모임에서

　　언제나 신중하고 유익한 장군의 조언을 들어 보려 했지요.

　　그럼 내일 듣도록 합시다.

　　멀리 가시오?

밴쿠오 지금 떠난다면 만찬까지는 돌아올 수 있는

거리입니다, 폐하. 그러나 만약 제 말이 잘 달려 주지 않으면,

어둠 속을 한두 시간 더 달려야 할 것 같습니다.

맥베스 만찬에 꼭 오시오.

밴쿠오 그리하겠습니다.

맥베스 듣자니 잔인한 나의 두 사촌이 각각

잉글랜드와 아일랜드에 머무르며,

잔인한 부왕의 시해를 고백하지 않은 채

유언비어를 퍼뜨리고 있다고 하오.

그러나 그 일은 내일 우리

두 사람이 함께 처리할 국사와

함께 논의하도록 합시다. 어서 출발하시오.

밤에 돌아올 때까지 몸조심하시오.

플리언스도 함께 갈 예정이오?

밴쿠오 그렇습니다, 폐하. 출발 시간이 다 되었습니다.

맥베스 장군의 말이 빠르고 발이 튼튼하길 바라오.

그럼 어서 말에 오르시오. 잘 가시오.

(밴쿠오 퇴장.)

지금부터 저녁 일곱 시까지

자유롭게 시간을 보내도록 하시오.

만찬의 밤을 즐겁게 맞이하기 위해

짐은 만찬 전까지 혼자 있을까 하오.

　　그럼, 편히 즐기시오.

(맥베스와 시종을 남기고 모두 퇴장.)

　　그 사람들이 나를 기다리고 있느냐?

시종 궁 밖에서 기다리고 있습니다.

맥베스 그들을 불러오너라.

(시종 퇴장.)

　　왕으로 사는 것도,

　　안전하지 않다면, 부질없는 일.

　　뱅쿠오에 대한 나의 두려움은 깊이 박혀 있다.

　　제왕과 같은 그의 성품에는 두려운 무언가가 있어.

　　그는 대담한 데다, 꺾이지 않는 기개가 있고,

　　자신의 용기를 안폐하게 실행할 지력도 갖췄지.

　　내가 두려워하는 것은 오로지 그놈뿐이다.

　　나의 수호신도 그자를 만나면 꼼짝을 못 하니.

　　마녀들이 처음 나를 왕으로 불렀을 때,

　　그는 마녀들을 꾸짖고 자기에 관한 것도

　　말하라 명령했지. 그랬더니

　　마녀들은 예언하듯 그가 대대손손 왕들의

　　조상이 될 것이라 했다.

　　그들은 내 머리 위에 열매 없는 왕관을 씌우고,

내 손에는 남의 자손에게 빼앗길 왕호를 쥐어 준 거야.

그렇다면, 나는 지금까지 뱅쿠오의 자손을 위해

내 마음을 더럽혔고, 그들을 위해

인자한 덩컨 왕을 시해한 것이 된다.

그들을 위해 내 평화스러운 마음의 술잔에

원한의 독을 가득 붓고,

영원불멸한 영혼이라는 내 보석을

인류의 적인 악마에게 내주었단 말인가.

그들을, 뱅쿠오의 자손들을 왕으로 만들기 위해!

그리 될 바에야 차라리,

자, 운명의 여신이여, 오너라.

끝까지 싸우고 겨뤄 보자.

밖에 누구냐?

(시종이 두 자객을 데리고 재등장.)

맥베스 너는 나가 문 밖에서 부를 때까지 기다려라.

(시종 퇴장.)

　　우리가 함께 이야기한 것이 어제가 아니더냐?

자객 1 그렇습니다, 폐하.

맥베스 그렇다면 내가 한 말을 잘 생각해 보았느냐.

지금까지 자네들을 불행에 빠뜨린 사람은

내가 아니라 그자라는 사실을 이제는 알겠느냐?

이 문제는 지난번에 만나 충분히 이야기했다.

증거를 살펴보고 너희들이 어떻게 속았고

배반당했으며 앞잡이는 누구이고

조종한 자는 누구인지, 그 밖에 모든 것을 설명했으니

그러니 아무리 얼빠진 자나 정신이 온전치 못한 자도

'뱅쿠오가 한 일'이라 말할 수 있을 것이다.

자객 1 그건 잘 말씀해 주셔서 알고 있습니다.

맥베스 그렇지. 그다음에 이야기한 것이

오늘 만남의 목적이다. 너희는

그 문제를 내버려 둘 정도로 참을성이 강하단 말이냐?

너희를 가혹하게 다루고 무덤으로 끌어내려

너희 가족들마저 굶주리게 만든 그자를 위해,

그자와 그자의 후손들이 잘되라고 기도할 만큼

너희는 성경 말씀을 고분고분 따른단 말이냐?

자객 1 저희도 사내입니다, 폐하.

맥베스 그렇다. 명목상으로는

너희도 사람 축에 들 테지.

사냥개, 그리이하운드, 잡종 개, 스파니엘,

들개, 털개, 땅개, 늑대가

모두 개라는 이름으로 불리듯이.

그러나 감정서에는 빠른 개, 느린 개, 똑똑한 개,

집 지키는 개, 사냥개 등 풍요로운 자연이 각각 부여한

재능에 따라 모두 구별되어 있는 법이다.

그리고 인간도 마찬가지지.

자네들이 명부상 인간의 한자리를 차지하고 있다 해도

명부에 적힌 서열의 밑바닥에 속해 있지 않은가.

아니라면 말해 보아라.

그렇다면, 이제 내가 은밀히 할 말이 있는바,

그 일을 해내기만 하면, 너희의 적을 없애고

짐의 신뢰와 총애를 얻게 될 것이다.

그자가 살아 있으면, 짐의 건강은 병이 드니

그자가 죽어야 완치될 것이다.

자객 2 폐하, 저는 세상에서 수없이 차이고 밟혀 왔기에

울분에 차 세상에 분풀이를 할 수 있다면

뭐든지 할 것입니다.

자객 1 저 또한 온갖 재난과 불운한 운명에

부대끼며 살아온지라 제 목숨을 운에 맡기고

죽든 살든 모험을 하고 싶은 사람입니다.

맥베스 너희 둘은 뱅쿠오가 너희의 적이라는 것을 잘 알겠지.

자객들 그렇습니다.

맥베스 그는 나의 적이기도 하다.

그리고 나의 급소에 치명적인 상처를 남길 수 있을 만큼

내 가까운 거리에 머무르고 있지. 물론 왕의 권한으로

그를 쫓아내고 내 뜻대로 정당화시킬 수도 있지만

그렇게 할 수는 없는 일.

그의 친구이자 나의 친구인 몇몇의 호의를 잃지 않으려면

적절한 때에 내가 때려눕힌 그를 위해 직접 슬퍼해야 하니

자네들의 도움이 필요하네.

그 밖에도 여러 이유로 이 일은

사람들의 눈으로부터 숨겨져야 하니 말이다.

자객 2 폐하, 저희는 명령하시는 대로 따르겠습니다.

자객 1 비록 저희의 목숨이…….

맥베스 자네들의 굳은 결심이 빛나는구나.

늦어도 한 시간 내에

자네들이 잠복할 장소를 일러 줄 것이고

정확히 실행할 시간 또한 전해 주겠네.

이 일은 오늘 밤,

궁에서 조금 떨어진 곳에서 해치워야 한다.

내가 털끝만큼도 의심을 사서는 안 된다는 것을 명심해라.

그자와 더불어 어떤 후환도 남기지 않으려면

그와 동행하는 아들 플리언스도 함께 처리해야 할 것이야.

그놈에게도 어두운 암흑의 운명을 맞이하게 하라.

그를 제거하는 일은 그 아비를 제거하는 일만큼 중요하다.

물러가 마음을 단단히 먹도록 해라. 나도 곧 가겠다.

자객들 저희는 이미 결심했습니다, 폐하.

맥베스 곧 부를 테니 안에서 기다려라.

(자객들 퇴장.)

모두 결정되었다, 뱅쿠오.

그대의 영혼이 날아올라

천국을 찾기 위해선 오늘 밤 안으로 찾아야 할 것이다.

(퇴장.)

2장

포레스 궁

(맥베스 부인과 시종 등장.)

맥베스 부인 밴쿠오 장군은 궁을 떠나셨느냐?

시종 예, 그러나 오늘 밤 다시 돌아오실 것입니다.

맥베스 부인 폐하께 내가 잠시 드릴 말씀이 있다고 전하거라.

시종 알겠습니다.

(퇴장.)

맥베스 부인 허망하구나. 모든 것을 잃고도 얻은 것이 없으니.

　　　뜻은 이루었지만 만족할 수가 없구나.

　　　살인을 저지르고 불안한 기쁨에 전전긍긍하며 사느니

　　　차라리 살해당하는 편이 낫겠다!

(맥베스, 생각에 잠겨 등장.)

무슨 일이십니까, 폐하? 어째서 홀로
우울한 생각에 잠겨 계십니까? 그러한 생각은
죽어 사라진 사람과 함께 사라졌어야 마땅한 것을.
돌이킬 수 없는 일은 생각하지 않는 법입니다.
이미 끝난 일은 끝난 일이지요.

맥베스 우리는 뱀에게 상처만 입혔을 뿐, 죽이지는 못했소.
상처가 아물어 원상태로 회복되면, 우리의 서투른 악행은
언제 그 뱀의 독니에 물릴지 모르는 일이오.
불안에 떠는 손으로 세끼 식사를 하고,
밤마다 끔찍한 악몽에 시달릴 바에야,
차라리 우주가 산산이 부서지고
천지가 무너지는 게 낫겠소.
우리가 편하자고 편안한 곳에 보내 버린 덩컨을 따라
차라리 우리도 죽는 게 낫지 않겠소.
덩컨은 무덤 속에 누워 있소.
인생의 온갖 발작과 열병을 겪은 후
이제 조용히 편안히 잠들어 있구려.
우리가 반역이라는 최악의 일을 저질렀으니,
칼도, 독약도, 내란도, 외세의 공격도, 그 어느 것도

이제 더 이상 그를 괴롭히지 못할 것이오.

맥베스 부인 자, 갑시다. 인자하신 폐하.

일그러진 얼굴을 펴세요. 명랑한 기분으로

오늘 밤에 오실 손님들을 맞으셔야죠.

맥베스 그러겠소. 그리고 부인도 그렇게 하시구려.

뱅쿠오에게 각별히 신경을 쓰고,

눈빛으로, 말로 그를 극진히 대하시오.

한동안은 안심할 수 없으니, 우리는

우리의 명예를 아첨의 냇물로 씻어 깨끗이 두고,

우리의 얼굴을 마음의 가면 삼아 본심을 위장해야 하오.

맥베스 부인 이제 그런 말씀도 마세요.

맥베스 아! 부인.

내 마음은 독충으로 가득하오!

당신도 알다시피 아직 뱅쿠오와 플리언스가

살아 있지 않소.

맥베스 부인 그러나 그들 역시 영원히 사는 존재는 아니지요.

맥베스 그 말을 들으니 위안이 되는구려.

그들도 공격을 당할 수 있지.

그러니 당신도 즐거워하시구려.

박쥐가 은신처로 날아가기 전에,

마녀 헤커트의 부름으로 받고

붕붕거리며 날아가는 풍뎅이가

졸리는 소리로 하품과 밤잠을 재촉하는

저녁 종을 울리기 전에 끔찍한 일이 벌어질 테니.

맥베스 부인 무슨 일이 일어나나요?

맥베스 사랑하는 부인은 모르는 척하고 있다가,

일이 성사되거든 박수나 쳐 주시오.

오너라, 세상의 눈을 감기는 밤이여.

자비로운 낮의 부드러운 눈을 가리고,

보이지 않는 그대의 피 묻은 손으로

나를 창백하게 질리게 하는 그 크나큰 보증서를

갈기갈기 찢어 무효로 만들어라.

날이 어두워지고 있구나.

땅 까마귀는 어두운 숲 속으로 날아든다.

낮 동안 선량했던 무리들은

고개를 숙이고 졸기 시작하고,

밤의 흉악한 무리들은 먹이를 찾아 고개를 든다.

당신은 나의 말에 놀랐나 보구려.

하지만 잠자코 있으시오.

악으로 시작된 일은 악으로 다져야 하는 법.

그러니, 자, 함께 갑시다.

(모두 퇴장.)

3장
포레스 궁 근처의 정원

(세 자객 등장.)

자객 1 그런데 누가 당신에게 우리와 함께하라 했는가?

자객 3 맥베스 왕께서.

자객 2 이 사람은 의심할 여지가 없는 것 같군.

　　우리의 임무와 할 일을 지시대로 정확히 말하고 있으니.

자객 1 그럼 함께 일합시다.

　　서편 하늘에는 아직도 석양빛이 희미하게 남아 있군.

　　지금쯤 길을 재촉하는 나그네가 여인숙에 닿으려

　　말에 박차를 가하고 있을 테니, 우리가 노리는 자들도

　　가까이 다가오고 있으렷다.

자객 3 쉿! 말발굽 소리다.

밴쿠오 (멀리서) 여봐라, 횃불을 이리 가져오너라!

자객 2 그자다.

　　초대 명단에 오른 다른 모든 사람은 이미 궁 안에 있으니.

자객 1 그의 말들이 저기로 돌아간다.

자객 3 1마일쯤은 돌아가겠지. 그러나 다른 사람들이 그리하듯,
　　여기서부터 궁의 대문까지는 걸어서 갈 것이야.

(밴쿠오와 플리언스가 횃불을 들고 등장.)

자객 2 횃불이다, 횃불!

자객 3 그자다.

자객 1 해치우자.

밴쿠오 오늘 밤엔 비가 올 것 같군.

자객 1 올 테면 오라고 해라.

(자객 1이 횃불을 끄자 다른 자객들이 밴쿠오를 습격한다.)

밴쿠오 배반이다! 도망쳐라! 플리언스!

　　달아나라, 달아나, 어서!

　　이 원수는 갚아야 한다. 이 비열한 놈!

(밴쿠오가 죽는다. 플리언스는 도주한다.)

자객 3 횃불을 쳐서 끈 놈이 누구냐.

자객 1 뭐가 잘못됐나?

자객 3 한 놈밖에 해치우지 못했어. 아들은 달아났네.

자객 2 일의 절반을 놓쳤군.

자객 1 자, 가세. 얼마만큼 끝냈는지 말씀드려야지.

(모두 퇴장.)

4장

◇◇◇◇◇◇

궁 안의 연회실

(연회 준비가 되어 있다. 맥베스, 맥베스 부인, 로스, 레녹스, 귀족
들과 시종들 등장.)

맥베스 경들은 각자의 지위를 아실 테니 앉으시오.

　　처음부터 끝까지 진심으로 환영하오.

귀족들 감사합니다, 폐하.

맥베스 짐도 경들과 자리를 같이하여

　　부족하나마 주인 노릇을 할 것이오.

　　왕비는 옥좌를 지키지만, 적당한 때 환영사를

　　한마디 하도록 짐이 청하리다.

맥베스 부인 저를 대신하여 폐하께서 여러 친구분께

인사 말씀을 드려 주세요.

진심으로 저는 여러분을 환영하고 있습니다.

(문 앞에 자객 1 등장.)

맥베스 보시오. 손님들이 당신에게 진심으로 감사해하고 있소.

양쪽의 인원수가 같으니 나는 여기 중간에 앉으리다.

자, 마음껏 즐기시오. 곧 큰 술잔에 술을 가득 부어

좌중에 축배를 돌리겠소.

(문 쪽으로 가서 작은 소리로 자객에게) 얼굴에 피가 묻어

있지 않느냐.

자객 1 밴쿠오의 피입니다.

맥베스 하긴 그자의 피는 그놈의 몸속에 있는 것보다

쏟아져 나와 네 놈의 얼굴에 묻어 있는 것이 낫지.

해치웠느냐?

자객 1 목을 잘랐습니다, 폐하. 제 손으로 직접 했지요.

맥베스 네놈이야말로 사람 목을 베는 데 선수로구나.

플리언스에게 같은 짓을 한 사람도 훌륭했겠지.

네가 했다면, 너는 천하의 무적이다.

자객 1 황공하오나, 폐하. 플리언스는 도망쳤습니다.

맥베스 (방백) 그렇다면 내 불안이 다시 도지겠구나.

그 실수만 없었다면 나의 안전은

대리석처럼 견고하고, 바위처럼 단단하며,

우리를 감싼 대기처럼 자유롭고 완전했을 텐데.

그러나 나는 지금 다시 의혹과 공포와 두려움에

싸이고, 묶이고, 갇혀 포로가 되어 버렸다.

허나, 밴쿠오는 틀림없겠지?

자객 1 예, 폐하.

머리에 스무 군데나 깊은 상처를 입고

개울가에 처박혔는데, 그중 가장 작은 상처라 해도

목숨을 빼앗기엔 충분한 것이었습니다.

맥베스 그 일은 고맙구나.

(방백) 큰 뱀은 죽었다. 달아난 새끼 뱀은 때가 되면

자라나 큰 독을 품을 것이지만 지금 당장은 독니가 없다.

물러가라, 내일 다시 듣도록 하자.

(자객 퇴장.)

맥베스 부인 폐하, 손님 접대를 소홀히 하고 계십니다.

연회란 계속되는 동안 줄곧 환대의 뜻을 밝혀 주시지 않으면

사 먹는 음식과 다를 바 없으니,

먹기로 말하면 자기 집이 제일이지요.

밖에서 하는 식사는

환대가 입맛을 돋우는 식사의 양념이니,

그것이 없는 연회는 무미건조하답니다.

(밴쿠오의 유령 등장, 맥베스의 자리에 앉는다.)

맥베스 그것 참 맞는 말이오.

　　자, 마음껏 드시고 잘 소화시켜 건강하시길. 그 두 가지를

　　위해 듭시다!

레녹스 폐하께서도 자리에 앉으시지요.

맥베스 고매한 밴쿠오 장군이 이 자리에 있었더라면,

　　전국의 명문 귀족들이 모두 한 자리에 모였다 할 것인데.

　　짐은 그에게 어떤 불상사가 일어났는지 걱정하기보다는

　　무성의한 탓이라 말하고 싶소이다!

로스 약속하고도 오지 않음은 비난받아 마땅합니다.

　　폐하께서도 동석하셔서 함께 자리하는 영광을

　　베풀어 주심이 어떠신지요?

맥베스 자리가 다 차 있구려.

레녹스 여기 비워 둔 자리가 있습니다. 폐하.

맥베스 어디 말이오?

레녹스 여기 말입니다, 폐하. 아니, 왜 그렇게 놀라십니까?

맥베스 경들 가운데 누가 이런 짓을 했소?

귀족들 무슨 말씀이십니까, 폐하?

맥베스 내가 했다고 말할 수는 없을 것이다.

나에게 흔들지 마라, 그 피투성이 머리채를.

로스 여러분, 일어납시다. 폐하께서 편찮으십니다.

맥베스 부인 앉으세요, 여러분.

폐하께선 종종 이러시는데, 소싯적부터

그러셨어요. 그러니, 자, 모두 앉아 계세요.

발작은 순간적인 것이라 곧 괜찮아지실 겁니다.

여러분이 너무 주목하면 폐하의 심기를 거슬러

격한 감정을 더 오래 끌게 되실 겁니다.

자, 음식을 드시고 신경 쓰지 마세요.

(맥베스에게) 당신도 사내대장부예요?

맥베스 암, 대담한 대장부지.

악마라도 간담을 서늘하게 만들 저것을

감히 똑바로 바라볼 만큼.

맥베스 부인 아, 참 장하시군요!

이건 틀림없이 폐하의 공포심에 그려 낸 환상에 불과한 것,

그건 당신을 덩컨에게 인도해 갔다 하셨던

그 허공에 나타난 단검과 같은 거예요!

아! 그런 놀람과 비명은 진정한 공포를 사칭하는 것,

아낙네들이 겨울철 불 옆에서 할멈에게 들은 대로

하는 얘기에서나 잘 어울릴 겁니다.

정말 부끄러운 줄 아세요!

왜 그런 얼굴을 하고 계세요?

당신이 보고 계신 것은 빈 의자라고요!

맥베스 제발, 저걸 좀 보시요! 봐요!

(유령을 바라보며) 내가 무서워할 것 같은가?

고개를 끄덕일 수 있다면 말도 해 봐라.

납골당과 무덤이 한 번 매장한 것을 도로 돌려보낸다면,

앞으로는 솔개들의 배 속을 무덤으로 삼아야 할 것이다.

(벤쿠오 유령이 사라진다.)

맥베스 부인 뭐라고요? 남자답지 못하게, 그 어리석은 소리 좀
그만하세요!

맥베스 여기 내가 서서 확실하게 그자를 보았소.

맥베스 부인 정말 창피해요!

맥베스 이전에도 피는 흘렸지.

그 옛날 자비로운 법률이 생겨나 사회를 정화하여

평화롭게 만들기 이전의 옛날에도.

그렇지, 그리고 그 후에도 듣기만 해도

몸서리칠 살육이 자행되어 왔다.

한때는 골통이 부서지면 사람이 죽고

거기에서 끝장이 났지만,

지금은 머리에 치명상을 스무 군데나 입고도

또다시 일어나 사람을 의자에서 밀어내는구나.

이것이야말로 그런 살인보다 더욱 괴이한 일이다.

맥베스 부인 폐하, 손님들이 기다리고 계십니다.

맥베스 깜빡 잊었구려.

여러분, 놀라지 마시구려.

짐은 괴이한 병이 있는바, 이미 알고 있던 사람에게는

예사로운 일이라오.

자, 모두에게 우정과 건강을 비는 바요.

그럼 짐도 자리에 앉겠소. 포도주를 가져오너라.

(밴쿠오의 유령이 다시 나타나 맥베스의 자리에 앉는다.)

술잔을 가득 채우시오. 좌중에 있는 모든 이들과

여기에 없지만 짐의 친애하는 친구 밴쿠오 장군을 위해 축배

를 들겠소.

그가 여기에 있었더라면!

모두에게, 그에게, 그리고 서로를 위해 건배.

귀족들 폐하에 대한 충성을 맹세하며 건배.

맥베스 썩 물러나거라. 꼴도 보기 싫다! 땅속으로 꺼져라!

네 뼈에는 골수가 없고, 네 피는 싸늘하게 식었다.

희번덕거리며 노려보아야 보이지 않는 눈일 뿐이다.

맥베스 부인 경들은 이런 일을 하나의 습관에 지나지 않는다고
여기셔야 합니다. 그저 흥을 깨뜨릴 뿐
그 외엔 아무것도 아닙니다.

맥베스 대장부가 할 일이라면 나는 뭐든지 하겠다.
털북숭이 사나운 러시아 곰이건, 뿔로 무장한 코뿔소건,
히르카니아의 호랑이건, 그 어떤 모습이라도 좋으니
그 모습으로만은 나타나지 마라.
그러면 내 강인한 근육을 절대로 떨지 않을 것이다.
또는 다시 살아나 검을 들고 황야에서 내게 도전해라.
그때에도 지금처럼 내가 두려워 몸을 떤다면
나를 어린 계집애라 불러도 좋다.
꺼져라, 몸서리쳐지는 환영아! 거짓된 허깨비야!
썩 물러가라!

(밴쿠오 유령이 사라진다.)

그럼 그렇지. 사라졌으니,
나는 역시 대장부다. 자, 여러분, 그저 앉아들 계시오.

맥베스 부인 폐하께서는 기이한 행동으로
좌중의 흥을 깨뜨리시고,
이 훌륭한 모임을 망쳐 놓으셨어요.

맥베스 그것이 나타나
한여름의 먹구름처럼 밀어닥치는데

어찌 놀라지 않을 수 있겠소? 경들은

내가 가진 용감한 기질마저 의심케 만드는구려.

내가 본 광경을 경들도 함께 봤을 것인데,

공포로 창백한 내 뺨과 달리, 경들의 뺨은 혈색이 여전하구려.

로스 무슨 광경 말씀입니까, 폐하?

맥베스 부인 제발 아무 말씀도 더 이상 하지 마세요.

더 악화되십니다. 질문은 발작을 일으키게 하니,

이만 일어들 나십시오. 나가시는 데 순서를 기다릴 것 없이

한꺼번에 퇴장하세요.

레녹스 안녕히 주무시고, 폐하께서 곧 쾌차하시길 빕니다!

맥베스 부인 모두들 안녕히 돌아가세요!

(맥베스와 맥베스 부인만 남고 모두 퇴장.)

맥베스 그 일은 피를 보고야 말 것이오.

흔히 피가 피를 부르고

시체를 감추느라 덮어 뒀던 돌이 움직이고,

나무가 말을 한다고 하오.

길흉을 알리는 까치, 갈까마귀, 땅 까마귀를 통해

점술과 예언으로 깊이 숨은 살인자를 밝혀낸 일도 있었소.

밤이 얼마나 깊었소?

맥베스 부인 밤인지 새벽인지 분간할 수 없는 시각입니다.

맥베스 어떻게 생각하시오?

맥더프가 짐의 초청을 받고도 오기를 거절한 것을?

맥베스 부인 그에게 사람을 보내어 확인해 보셨나요?

맥베스 우연히 들었소. 그러나 사람을 보내 볼 것이오.

내가 매수한 하인이 없는 집은 하나도 없소.

내일, 아니 지금 당장이라도 마녀들에게 가서

좀 더 말해 달라고 해야겠소.

이렇게 된 이상, 최악의 수단을 동원해서라도

앞으로 무슨 일이 벌어질지 알아보아야겠소.

나 자신의 이익을 위해서라면 어떤 희생도 감수해야지.

이미 피바다 속으로 깊숙이 들어왔으니,

더 이상 앞으로 나아가는 건 그만둘지라도

되돌아가는 것은 건너가는 만큼 어려울 것이오.

내 머릿속에 있는 기이한 생각들이

손으로 옮겨 갈 것이니

앞뒤 가릴 것 없이 행동해야겠소.

맥베스 부인 당신께는 만물의 자양분인 잠이 부족해요.

맥베스 갑시다. 잠자리에 듭시다.

내가 본 괴이한 허깨비는 초범의 공포일 뿐이니,

이런 일에는 우리도 미숙한 젊은이에 불과하오.

(모두 퇴장.)

5장
○○○○○○
황야

(천둥소리. 마녀 셋이 등장하여 헤커트와 만난다.)

마녀 1 웬일이우, 헤커트? 화가 나셨나 보네.
헤커트 화가 안 나게 생겼느냐.

　　　이 뻔뻔하고 건방진 마귀할멈들아?

　　　너희가 어찌 감히 맥베스에게

　　　생사의 문제를 수수께끼로 내걸고 거래하면서,

　　　너희에게 마술을 가르친 여왕이자

　　　모든 악행의 뒤에 선 모사꾼인 이 몸을

　　　부르지도 않아, 가담은커녕 우리의 찬란한

　　　마술을 보여 줄 기회도 주지 않았단 말이냐.

더욱 괘씸한 것은 너희가 해 놓은 일이

모두 심술궂고 성질 급한 고집쟁이를 위한 일이었다는 거다.

그놈도 자기 이익만 챙기기는 다른 놈들과

마찬가지니, 너희를 위하는 게 아니다.

그러나 이제 뉘우치고 돌려놓아야지.

가거라. 새벽녘에 지옥의 아케론 동굴에서 만나자.

그자가 그곳으로 자기 운명을

알아보러 찾아올 것이다.

도구와 주문을 준비해 두어라.

네 마법과 그 밖에 필요한 모든 것도.

나는 하늘을 날아갈 테니.

오늘 밤 무시무시하고 치명적인 일을 벌여야겠다.

정오까진 큰일을 해치워 둬야 한다.

저기 저 달 한구석에 신기한 수증기 방울이

달려 있으니, 땅에 떨어지기 전에 잡아야 한다.

마술로 증류하면 유령들이 만들어지고,

그 유령의 힘을 빌려 그놈을 파멸에 빠뜨릴 거다.

놈은 운명을 걷어차고 죽음을 비웃을 것이며,

지혜도, 미덕도, 공포도 무시하고

헛되이 희망을 품게 될 것이니,

너희들 모두가 잘 알다시피,

지나친 과신은 인간의 적이지.

(안에서 음악 소리가 흘러나오며, '오너라, 오너라'라는 노래를 부른다.)

쉿, 나를 부르고 있다. 내 꼬마 정령들이 보이느냐.

안개구름 위에 앉아 나를 기다리는군.

(퇴장.)

마녀 1 서두르자, 곧 그녀가 다시 돌아올 거야.

(모두 퇴장.)

6장
°°°°°°
포레스 궁

(레녹스와 다른 귀족 한 사람 등장.)

레녹스 지금까지 제가 말씀드린 것은

경의 생각과 일치하는바,

더 나아가 해석할 수도 있습니다.

단지 제 말은 일이 묘하게 진행되어 간다는 거지요.

맥베스는 자비로운 덩컨 왕의 죽음을 슬퍼했지요.

그가 죽은 뒤에요.

거기다 용감하신 밴쿠오 장군은

너무 늦은 시간에 밤길을 거니셨어요.

생각하기에 따라서는,

플리언스가 그랬다고도 말할 수 있지요.

플리언스가 도망쳤으니까요.

밤늦게 걸어 다닐 수도 없는 세상이오.

맬컴과 도널베인이 자비로운 부친을 살해했다니

이 얼마나 기괴한 일이라 생각지 않는 이가 어디 있겠소?

천벌을 받아도 시원치 않을 일이지요.

그러나 맥베스는 얼마나 애통해하던지!

그가 의로운 분노로 단칼에 죽이지 않았소?

그 태만한 술의 노예이자, 잠의 노예인 두 놈을.

참으로 고귀한 행위가 아니오? 예, 현명도 하고요.

그놈들이 사실을 부인하는 말을 들으면

누구라도 격분하지 않을 수 없었을 테니.

그래서 제 얘기는, 맥베스가 모든 일을 아주 잘

끝냈다는 겁니다. 그리고 제가 생각하기에는

덩컨 왕의 두 아들이 그의 손에 잡히기만 했으면,

하늘이 원치 않으면 그리 되지는 못할 테지만,

그들은 부친 살해의 대가가 뭔지 똑똑히 알게 되었을 겁니다.

플리언스도 마찬가지고요. 하지만, 쉿!

하고 싶은 말을 다하고 폭군의 연회에

나타나지 않았다는 이유로 맥더프는 지금

노여움을 샀다 들었습니다.

그가 어디에 몸을 숨겼는지 아십니까?

귀족 타고난 왕위 계승의 권리를 폭군에게 빼앗긴

덩컨 왕의 아드님께선 잉글랜드의 궁에 머무르며

저 고매하신 에드워드 왕의 환대를 받고 계시니,

그 악랄한 운명 속에서도 존엄성을 훼손받지 않고

계신답니다. 맥더프는 그리로 가서

그 선하신 왕에게 간청하여, 그의 도움으로

노섬벌랜드의 사람들과 용감한 시워드 백작과

함께 봉기를 일으키려 하는바,

이 일을 승인하실 하느님과 함께

이분들의 도움으로 우리가 다시 한 번 안심하며

식탁에 오르고, 밤에는 잠을 자며,

향연과 잔치에서 피 묻은 칼을 거두고,

신의에 따라 충성을 다하고,

거리낌 없는 명예를 얻을 수 있도록

우리 모두 간절히 바라고 있습니다.

이와 같은 소식을 접하고 맥베스는 격노하여

전쟁을 일으킬 준비를 하고 있답니다.

레녹스 맥베스가 맥더프에게 사신을 보냈다고 합니까?

귀족 보냈답니다. 그런데

"나는 가지 않겠소."라는 확고한 대답에,

사신은 얼굴을 찌푸리고 "이런 대답으로
나를 궁지에 몰아넣은 것을 후회할 날이
있을 것이오."라며 중얼거렸다 합니다.

레녹스 그럼, 그분은 각별히 조심하고
지혜를 다해 멀리 몸을 피하시는 게 좋겠소.
신성한 천사가 잉글랜드 궁으로 날아가
맥더프보다 먼저 그의 용건을 전달해
저주받은 인간의 손아귀에서 고통받는
이 나라에 빨리 하느님의 축복이 돌아오도록 해 주소서.

귀족 나 역시 같은 기도를 천사에게 실어 보내고 싶소.

(모두 퇴장.)

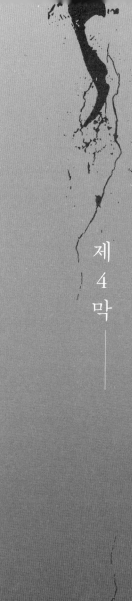

제
4
막
—

1장

중앙에 끓어오르는 가마솥이 걸려 있는 동굴

(천둥소리와 함께 세 명의 마녀 등장.)

마녀 1 얼룩 고양이가 세 번 울었네.

마녀 2 고슴도치는 세 번 하고 한 번 더 울었고.

마녀 3 하피어가 운다. "때가 왔어, 때가 왔어."라고.

마녀 1 빙글빙글 돌아라. 가마솥 주위를.

　　　독이 든 내장을 던져 넣자.

　　　서른한 번의 낮, 서른한 번의 밤 동안 잠자고

　　　독을 뿜어내는 두꺼비야.

　　　네놈이 맨 먼저 끓어라.

　　　마법의 가마솥 안에서.

세 마녀 고통도 두 배로, 근심도 두 배로,

불꽃아 타올라라, 가마솥아 끓어올라라.

마녀 2 늪에 사는 독사의 살점아,

끓어라, 익어라, 가마솥 안에서.

도롱뇽 눈알과 개구리 발가락,

개 혓바닥과 박쥐 털,

독사의 갈라진 혀와 장님뱀 독침도,

도마뱀 다리도, 올빼미 날개도,

무서운 재앙을 몰고 올 마력을 위해

끓어라. 지옥의 죽처럼, 끓고 끓어라, 끓어올라라.

세 마녀 고통도 두 배로, 근심도 두 배로,

불꽃아 타올라라, 가마솥아 끓어올라라.

마녀 3 용의 비늘, 늑대의 이빨,

마녀의 미라와 바다에 사는 상어 밥통과 아가리,

밤중에 캐낸 독초의 뿌리,

신을 모독한 유태인의 간,

산양의 쓸개, 월식 때 베어 낸 주목 가지,

터키 인의 코와 타타르 인의 입술,

창녀가 개천에서 낳고 목 졸라 죽인

아기의 손가락, 모조리 넣고 끓여라.

진하고 탁하게.

호랑이 내장을 더해, 걸쭉하게 끓이자.

세 마녀 고통도 두 배로, 근심도 두 배로,

불꽃아 타올라라, 가마솥아 끓어올라라.

마녀 2 원숭이 핏물로 식히자.

그러면 마력의 효력이 탁월해.

(헤커트가 다른 세 마녀와 등장.)

헤커트 오, 잘 되었다. 수고했다.

여기서 얻은 이득은 모두에게 나누어 주마.

이제 가마솥 주위를 빙 둘러 노래를 불러라.

춤추는 꼬마요정, 큰 요정처럼.

그리고 마력을 불어넣어라.

집어넣은 모든 것에.

(음악이 나오며, '검은 귀신'이라는 노래를 부른다.)

(헤커트와 세 마녀 퇴장.)

마녀 2 내 엄지손가락이 쑤시는 걸 보니

어떤 못된 놈이 이리로 오는구나.

열어라, 자물쇠를.

그 누가 문을 두드리든.

(맥베스 등장.)

맥베스 은밀하게 어두운 한밤중에 음모를 꾸미는 마녀들아.
   너희는 무엇을 하고 있느냐.

세 마녀 말할 수 없는 일이지요.

맥베스 내 너희에게 엄숙하게 묻노니,
   어떤 수단을 통해 알아내든 나에게 답하라.
   너희가 바람을 일으켜 교회를 흔들어 놓든,
   거품이 이는 파도가 배를 부수고 삼키든,
   익어 가는 곡식과 나무가 비바람에 쓰러지든,
   성벽이 파수꾼 머리 위로 무너지든,
   궁전과 첨탑이 땅을 향해 고개를 숙이든,
   대자연의 모든 종자가 함께 뒤범벅되어
   파괴에 싫증 낼 때까지 이르든 말든
   상관없으니 내가 묻는 말에 답하라.

마녀 1 말하시우.

마녀 2 물어보시우.

마녀 3 대답해 드릴게.

마녀 1 말하시우. 누구로부터 듣고 싶으시우?
   우리? 아니면 우리의 스승들로부터?

맥베스 그들을 불러라. 만나 보겠다.

마녀 1 한 배에 있던 제 새끼

아홉 마리를 처먹은 암퇘지의 피를 부어라.

교수대 위에 땀처럼 흐르던

살인자의 기름도 불속에 던져라.

세 마녀 지위가 높든 낮든,

모습을 드러내 할 일을 다하라.

(천둥소리, 맥베스와 같이 무장한 머리를 한 첫 번째 환영이 나타난다.)

맥베스 나에게 말하라.

미지의 힘을 가진 자여.

마녀 1 그는 이미 알고 있으니

아무 말 말고 듣기만 하시우.

환영 1 맥베스! 맥베스! 맥베스!

맥더프를 조심해라.

파이프의 영주를 경계해라.

이만 가겠다. 이것으로 충분하니.

(환영 1이 사라진다.)

맥베스 정체가 무엇이든, 너의 경고에 감사하다.

내가 두려워하던 것을 바로 맞췄구나.

그러나 한마디만 더.

마녀 1 그는 명령을 듣지 않는다우.

여기 또 하나, 첫 번째보다 영험한 것이 나타나우.

(천둥소리, 피투성이의 어린이 모습을 한 두 번째 환영이 나타난다.)

환영 2 맥베스! 맥베스! 맥베스!

맥베스 내 귀가 세 개여야겠구나. 너희의 말을 들으려면.

환영 2 잔인하게, 대담하게, 결단력 있게 행동하라.

인간의 힘을 비웃어라.

여자의 몸에서 태어난 자는 맥베스를 해치지 못한다.

(환영 2가 사라진다.)

맥베스 그렇다면 살아 있어라, 맥더프.

내 너를 두려워할쏘냐.

하지만 확실한 것을 더욱 확실하도록

운명에게 보증서를 받아 놔야겠다.

네놈을 살려 둘 순 없지.

창백한 공포에게 '거짓말'이라고 호통치고,

천둥이 치더라도 마음껏 잠들 수 있도록.

(천둥소리, 왕관을 쓰고 손에 나뭇가지를 든 어린아이 모습의 세

번째 환영이 나타난다.)

맥베스 이건 또 무슨 모습이냐?

　　왕위 계승자의 모습을 하고,

　　머리에 왕관을 쓰고 나타난 이것은?

세 마녀 듣기만 하고 말은 걸지 마시우.

환영 3 사자의 기백을 가지고 당당하게 행동하라.

　　누가 화를 내든, 안달하든, 역모를 꾸미든

　　개의치 말라. 맥베스는 결코 패배하지 않는다.

　　거대한 버남의 숲이 던시네인의 높은 언덕을 향해

　　와 그를 공격하기 전까진.

(환영 3이 사라진다.)

맥베스 그런 일은 결코 없을 것이다.

　　그 누가 숲을 징발하고 땅속 깊이 박힌

　　나무의 뿌리에 명령해 움직이게 할 수 있단 말인가.

　　유쾌한 예언이다! 좋다!

　　버남의 숲이 들고 일어서기 전까지는

　　반역의 망령은 나타나지 말라.

　　왕좌에 높이 앉은 나, 맥베스는

　　천수를 누리다가 세월과 함께 늙어 죽는

　　모든 이의 숙명을 따라 숨을 거둘 것이다.

하지만 내 심장이 고동치는구나.

한 가지만 더 알고 싶다.

너희가 마술의 힘으로 그것까지 알 수 있다면 말해다오.

언젠가는 뱅쿠오의 후손이 이 나라를 다스리느냐?

세 마녀 더 이상 알려 하지 마시우.

맥베스 알아야겠다. 이걸 거절한다면

너희는 영원히 저주받을 것이다! 말해다오!

왜 저 가마솥이 가라앉는 것이냐?

이 소리는 다 뭐냐?

(오보에 소리.)

마녀 1 보여 줘라!

마녀 2 보여 줘라!

마녀 3 보여 줘라!

세 마녀 눈에 보여 주어 마음을 슬프게 하라.

그림자처럼 왔다가 그림자처럼 사라져라.

(여덟 명의 왕이 등장하여 맥베스의 앞을 지나간다. 마지막 왕은 손에 거울을 들고 있다. 뱅쿠오의 유령이 그 뒤를 따른다.)

맥베스 너는 뱅쿠오의 유령과 너무나 흡사하구나.

꺼져라! 그 왕관을 보니 내 눈알이 불타는 듯하다.

저 왕관을 쓴, 너의, 너의 머리카락이 첫째 놈과 같구나.

셋째 놈도 앞선 자와 같고.

더러운 마녀들! 왜 이딴 것을 내게 보여 준단 말이냐!

넷째도? 눈알아, 빠져나가라! 뭐!

이 혈통이 최후의 심판의 날까지 계속되는 것이냐?

또 한 명 더? 일곱째도? 더는 못 보겠다.

여덟 번째가 거울을 들고 나타나 더 많은 왕을

보여 주는구나. 몇몇은 두 겹의 보주와

세 겹의 왕홀을 들고 있구나.

끔찍한 광경이다! 이제야 이것이 사실임을 알겠구나.

머리카락에 피가 엉겨 붙은 뱅쿠오가 내게 웃으며,

저들이 자신의 자손이라고 손가락질하는 걸 보니.

아니! 이게 사실이냐?

마녀 1 그렇다오. 사실이라우.

그런데 맥베스 왕께선 왜 저렇게 놀라고 계실까?

얘들아, 저분의 기운을 풀어 드리기 위해

우리 다 같이 즐겁게 노는 모습을 보여 드리자.

나는 공기에 마술을 부려 음악을 들려줄 테니,

너희는 원을 그리며 열광적인 춤을 추어라.

그래서 이 위대하신 왕이 우리가

의무를 다해 그의 환대에 보답해 드렸다고

친절하게 말씀하실 수 있도록.

(음악 소리, 마녀들이 춤을 추며 사라진다.)

맥베스 이것들이 어디 갔지? 사라져 버렸나?

이 사악한 시간은 영원히 달력에 남아 저주받게 하라!

여봐라, 밖에 누구 없느냐?

(레녹스 등장.)

레녹스 무슨 일이십니까?

맥베스 경은 마녀들을 보았소?

레녹스 보지 못하였습니다, 폐하.

맥베스 경의 옆을 지나가지 않았소?

레녹스 아닙니다, 폐하.

맥베스 그것들이 타고 다니는 바람아,

염병이나 걸려라. 그리고 그들을 믿는 자들은

모조리 지옥에나 떨어져라!

분명 말발굽 소리를 들었는데, 누가 왔었소?

레녹스 폐하, 두세 명의 사신이 맥더프가

잉글랜드로 도망쳤다는 소식을 가져왔습니다.

맥베스 잉글랜드로 도망을?

레녹스 그렇습니다, 폐하.

맥베스 (방백) 시간이여, 너는 내가 하려 한

잔악한 행위를 선수 쳐 막았구나.

계획이란 나는 듯이 빨라 즉시 실행하지 않으면

도무지 붙잡을 수 없는 것.

지금부터 내 마음속에 열매가 맺히면

즉시 이 손으로 거두어들이리라.

지금부터 생각을 현실로 만들기 위해

생각과 행동을 동시에 하겠다.

맥더프의 성을 기습하여 파이프를 강탈하고,

그의 처자식과 그의 혈통을 이을 만한 온갖

불운한 놈들을 모조리 베어 버리겠다.

바보처럼 호언장담만 늘어놓을 것이 아니라,

생각이 변하기 전에 이 일을 끝내야지.

그러나 환영은 이제 보기도 싫다!

그 사신들은 어디에 있느냐?

가자, 그들이 있는 곳으로 안내하여라.

(모두 퇴장.)

2장

○○○○○○

맥더프 성

(맥더프 부인, 그녀의 아들, 로스 등장)

맥더프 부인 제 남편이 무슨 일을 저질렀기에 도망을 쳤단 말입니까?

로스 침착하셔야 합니다, 부인.

맥더프 부인 침착하지 못했던 건 바로 제 남편이에요.

도망치다니, 미친 짓입니다. 잘못을 하지 않더라도

무서움에 벌벌 떨면 반역자로 몰리는 법입니다.

로스 그분의 도주가 지혜가 있어서인지,

두려워서인지, 부인께서는 모르고 계십니다.

맥더프 부인 지혜라고요? 자기 아내를 버리고,

자식을 버리고, 집도, 전 재산도 모두 버리고

혼자 도망간 것을 말씀하시는 겁니까?

그이는 우리를 사랑하지 않은 거예요.

그에게는 처자식에 대한 천성적인 애정이 없다고요.

새 중에서 제일 작다는 보잘것없는 굴뚝새도

둥지 안에 어린 새끼들이 있으면

올빼미와 맞서 싸울 겁니다.

모두가 두려움일 뿐, 애정이라곤 없는 겁니다.

도망칠 때 지혜가 조금도 없었던 것처럼.

로스 경애하는 부인, 제발 진정하세요.

부군은 고결하고, 현명하고, 사리분별이 분명하신 분이라

지금의 격동하는 시국을 가장 잘 알고 계십니다.

더 이상은 감히 말씀드릴 수 없지만,

세상이 잔인하게 돌아가고 있어요.

우리는 자신도 모르게 반역자가 되어 있고

두려움 때문에 소문을 믿지만,

무엇을 두려워하는지도 모르는 채

거칠고 사나운 바다 위를 떠나는 시절입니다.

이만 가 봐야겠습니다.

머지않아 다시 이곳으로 올 겁니다.

사태가 극에 달하면 종말을 고하거나,

아니면 다시 원상태로 돌아가는 법입니다.

귀여운 녀석, 너에게 하느님의 가호가 있기를!

맥더프 부인 이 아이에겐 아버지가 있었으나,

이제는 아버지 없는 자식이 되었습니다.

로스 저야말로 바보인 모양입니다.

더 이상 지체하면 저에겐 수치이고,

부인께는 폐가 될 것입니다. 곧 가 보겠습니다.

맥더프 부인 얘야, 네 아버진 돌아가셨다.

너는 이제 어떻게 하겠느냐. 어떻게 살아가겠니?

아들 새처럼 살아가지요, 어머니.

맥더프 부인 뭐라고? 벌레나 파리를 잡아먹으며 말이냐?

아들 뭐든 잡아먹으면서 말이에요.

새들도 그렇게 하잖아요.

맥더프 부인 가련한 새! 너는 그물도,

끈끈이도, 함정도, 새덫도 무섭지 않은 모양이구나.

아들 왜 무서워해야 하나요, 어머니?

사냥꾼은 불쌍한 새를 해치지 않아요.

아버지가 돌아가신 것은 아니지요. 그렇게 말씀은 하시지만.

맥더프 부인 아니, 돌아가셨단다.

아버지가 안 계시니 너는 이제 어떻게 할래?

아들 어머니는 남편이 안 계셔서 어떻게 하시겠어요?

맥더프 부인 애야, 남편감은 시장에 가면 스무 명은 살 수 있단다.

아들 그렇다면 샀다가 다시 되팔면 되겠네요.

맥더프 부인 역시 아이다운 소릴 하는구나.

　　어린아이치고는 기지가 넘치긴 하다만은.

아들 아버지는 반역자인가요, 어머니?

맥더프 부인 그래, 그렇단다.

아들 반역자가 뭐예요?

맥더프 부인 맹세를 했다가 거짓말을 하는 사람이란다.

아들 그렇게 하는 사람은 전부 반역자인가요?

맥더프 부인 그렇게 하는 사람은 전부 반역자이고,

　　모두 목을 매달아 죽여야 한단다.

아들 맹세를 하고도 지키지 않는 사람은

　　모조리 목을 매야 하나요?

맥더프 부인 그렇지. 모두 다.

아들 누가 그들의 목을 매나요?

맥더프 부인 그야 정직한 사람들이지.

아들 그럼 맹세를 하고도 거짓말하는 사람들은 바보들이로군요.

　　맹세를 하고도 거짓말하는 사람들은 얼마든지 있기 때문에

　　정직한 자들을 쳐부수고 목매달기에 충분하지 않나요?

맥더프 부인 가련하기도 하지, 불쌍한 원숭이 같은 녀석!

　　그런데 아버지가 안 계셔서 너는 이제 어떻게 할래?

아들 아버지가 정말 돌아가셨다면 어머니는 우실 테고,

   우시지 않는다면 그건 금방 내게 새 아빠가 생긴다는

   좋은 징조이지요.

맥더프 부인 가엾은 재롱둥이, 못하는 말이 없구나!

(사신 등장.)

사신 안녕하세요, 부인. 부인은 저를 모르시겠지만,

   저는 부인의 신분을 잘 알고 있습니다.

   부인의 신변에 위험이 다가오고 있으니,

   미천한 저의 충고를 들어 주신다면,

   즉시 이 자리를 아이들과 함께 피하십시오.

   이렇게 부인을 놀라게 해 드리는 것은

   너무 무례한 일이라 생각되지만,

   더 큰 불행이 다가오는 것을

   말씀드리지 않는 것은 더욱 더 잔인한 일.

   그런 일이 부인의 눈앞에 가까이 다가왔습니다.

   부인께 하나님의 가호가 있기를!

   저는 더 이상 지체할 수 없습니다.

(사신 퇴장.)

맥더프 부인 어디로 피한단 말인가?

나는 남에게 해를 끼쳐 본 적이 없어.

그러나 생각해 보면 내가 사는 이곳이 속세라는 걸

잊어서는 안 되지. 악한 일은 자주 칭찬받고,

선한 일이 때로는 위험하고 어리석은 일로 치부되니.

아! 그러니 내가 악한 짓을 한 적이 없다고

여자다운 변명을 내세운들 무슨 소용이 있겠는가.

(자객들 등장.)

　　저 사람들은 누구지?

자객 1 네 남편은 어디 있느냐?

맥더프 부인 네놈들이 찾아낼 만큼

　　그렇게 불경한 곳에 계시지는 않을 게다.

자객 1 그놈은 반역자다.

아들 거짓말이야. 이 털북숭이 악당아.

자객 1 뭐라고, 이 어린놈아?

(그를 찌른다.)

　　반역자의 새끼가.

맥더프 아들 이놈들이 날 죽여요. 어머니!

　　어서 도망치세요! 어서!

(아들이 찔려 죽는다. "살인이야!"라고 외치며 맥더프 부인 퇴장.
자객들이 뒤쫓는다.)

3장
°°°°°°
잉글랜드, 에드워드 궁

(맬컴과 맥더프 등장.)

맬컴 어디 아무도 없는 곳에 가서

　　서로 슬픔을 달래며 실컷 울어나 볼까요.

맥더프 그보다는 필사적으로 칼을 들어

　　용감한 사나이답게 쓰러진 조국을 다시 일으키려

　　싸워야 합니다. 새로운 아침마다 새로운 과부가

　　대성통곡하고, 새로운 고아들이 운답니다.

　　하늘 역시 우리 스코틀랜드에 공감하듯,

　　함께 비탄에 잠겨 슬픈 신음을 내고 있습니다.

맬컴 내가 이 일을 믿을 수 있다면 슬퍼하겠고,

사태에 대해 아는 바가 있다면 믿을 것이며,

내 힘으로 시정할 수 있다면 때에 따라 할 겁니다.

경이 한 말이 맞을지 모릅니다.

그 이름을 입에 담기만 해도 혀에 물집이 생기는 저 폭군도

한때는 충성스럽다 생각되었지요.

당신은 그를 좋아했고, 그도 아직은

당신을 건드리지 못하고 있어요.

나는 어리지만, 당신이 나를 팔아

그에게서 무엇이든 얻어 낼 수 있을 것이니,

약하고 불쌍한 어린양을 제물로 노한 신을

달래는 것도 현명한 일이지요.

맥더프 저는 배신자가 아닙니다.

맬컴 맥베스는 그렇지요.

선하고 덕이 있는 인물도 왕의 엄명에

무너질 수 있답니다. 그러나 용서해 주세요.

내 아무리 의심한데도 경의 본성을 바꿔 놓지는 않을 테니.

가장 빛나는 대천사가 타락했어도 천사는 역시

빛을 발할 것이니, 온갖 더러운 것들이 미덕의 외모를

더럽혀도 참된 미덕은 언제나 제 모습을

보일 게 틀림없어요.

맥더프 저는 희망을 잃었습니다.

맬컴 아마 나의 의심 때문에 그러시는 게지요.

하지만 어째서 경은 삶의 귀중한 동기이자,

강한 사랑의 매듭인 처자식을 작별의 인사도 없이

적의 수중에 두고 떠나왔단 말입니까?

부디 내가 의심한다고 해서 그대를

모욕한다고 생각지는 말고,

다만 나의 안전을 지키기 위한 것이라 여겨 주세요.

내가 무슨 말을 하든 경은

정말 정직한 사람일 테니.

맥더프 피를 흘려라, 피를. 불쌍한 조국이여!

무서운 폭정이여, 기반을 다져서,

정당한 미덕이 감히 네 앞을 막지 못하게 하라.

공공연히 악덕을 쌓아라.

안녕히 계십시오. 왕자님.

저는 왕자님이 생각하시는 그런 악한은

되고 싶지 않습니다. 폭군의 손아귀에 들어간

조국의 모든 땅에 풍요로운 동방의 나라를 더해 준데도.

맬컴 노여워 마세요.

경을 전적으로 믿지 못해서가 아니에요.

나도 조국이 독재자의 명에에 짓눌려 있다고 생각합니다.

눈물과 피를 흘리며 날마다 묵은 상처 위에

새로운 상처를 입고 있지요. 또한 나를 지지해

일어날 사람들도 있을 것이라 생각하고 있습니다.

거기에 인자하신 잉글랜드의 왕으로부터 수천의

병사를 지원해 주겠다는 약속을 받았지요.

그러나 이 모든 것에도 불구하고, 내가

저 폭군의 머리를 짓밟거나 내 칼로 베어 버리면,

그때는 내 불쌍한 조국은 그다음 군주로 인해

전보다 더 많은 악덕을 겪고, 지금까지보다

더 많은 불행과 고통을 받게 될 것입니다.

맥더프 누가 그런 군주가 된다는 말씀이십니까?

맬컴 바로 나 자신이에요.

모든 악행이 내게 뿌리박혀 있어 그것들이

싹이 터 자라나 세상에 드러나는 날에는

시커먼 맥베스도 순결한 눈처럼 보일 겁니다.

그러면 가엾은 백성들은 나의 끝없는 악덕과

그를 비교하고는 맥베스를 한 마리의 어린양으로

평가할 테지요.

맥더프 저 무시무시한 지옥의 무리 가운데서도

악행에 있어 맥베스를 능가할 악마는 없을 것입니다.

맬컴 나도 인정하지요.

그가 잔인하고, 음탕하며, 탐욕스럽고, 거짓되며,

밥 먹듯 남을 속이고, 성급하고, 악의에 차 있어,
이름을 붙일 수 있는 모든 죄악을 지닌 사람인 것을.
그러나 나의 호색함은 한량이 없어서
남의 아내건, 딸이건, 기혼녀건, 미혼녀건 모조리
몰려와도 나의 욕정의 물통을 채우지는 못할 겁니다.
그리고 내 색욕은 이를 억누르는 다른 모든 자제력을
압도할 것이니, 그런 자가 이 나라를 다스리느니
맥베스가 나을 것입니다.

맥더프 천성적으로 무절제한 방탕도 일종의 폭정이지요.
그로 인해 행복했던 왕좌가 비워지고,
수많은 왕이 몰락했습니다. 그러나
자신의 것을 자신이 차지하는 것을
두려워해서는 안 됩니다. 왕자님은 남모르게
쾌락을 충분히 즐기시면서도 겉으로는
차가움을 가장해 세상의 눈을 피하실 수 있습니다.
기꺼이 몸을 바칠 여인들도 얼마든지 있을 테니,
왕자님을 생각하는 수없이 많은 여인을
모두 편력하실 수는 없을 겁니다.

맬컴 뿐만 아니라, 나의 비뚤어진 성품에는
한없는 탐욕이 자리하고 있어, 만일 내가 국왕이
되는 날에는, 귀족들의 목을 베어 영토를 몰수하고

이자 저자 가릴 것 없이 보석과 저택을 빼앗을 겁니다.
빼앗으면 빼앗을수록 더욱 원하게 되어,
결국 나는 선량하고 충성스러운 사람들에게
부당한 불화를 일으키고, 그들을 파멸시켜
재산을 빼앗게 될 거예요.

맥더프 그러한 탐욕은 여름 한철 같은 색욕보다
뿌리가 더 깊이 박혀 있고 유독한 법, 그래서 그것은
지금까지 수많은 왕을 죽여 온 칼이 되어 왔습니다.
그러나 걱정하지 마십시오. 스코틀랜드에는
욕심을 채우실 만큼 충분한 왕가의 재산이 있습니다.
이에 견줄 만한 다른 미덕들을 가지고 계시니
이 모든 결점은 용납될 수 있을 것입니다.

맬컴 그러나 나에게는 그러한 미덕들이 없어요.
왕에게 어울리는 정의감, 진실성,
절제, 지조, 관용, 인내, 자비, 겸양,
경건, 억제, 용기, 불굴의 정신과 같은 미덕은
내게 조금도 보이지 않고, 갖가지 세분된 죄악만이
다방면으로 번져 있을 뿐입니다.
아니, 내가 왕좌를 차지한다면
달콤한 젖 같은 조화를 지옥에 쏟아 버리고,
세상의 평화를 교란시키며,

지상의 조화를 깨뜨릴 겁니다.

맥더프 아! 스코틀랜드! 스코틀랜드!

맬컴 만일 나 같은 자가 나라를 다스릴 자격이 있다면,
　　　말해 보세요. 나는 말한 그대로의 인간입니다.

맥더프 다스릴 자격 말입니까?
　　　아닙니다. 그런 사람은 살 자격조차 없지요.
　　　아, 불쌍한 조국이여! 피 묻은 왕홀을 쥐고 있는
　　　권한 없는 폭군의 지배를 받고 있으니
　　　언제쯤 다시 태평성대를 맞을 것인가.
　　　왕위의 정통을 이어야 할 왕자가 스스로 권리를 포기하고,
　　　자신을 고발하며, 혈통을 모독하고 계시니.
　　　부왕께서는 비길 데 없는 성군이셨고,
　　　왕비님께서는 서 계신 때보다 무릎을 꿇고 계시는 때가
　　　더 많을 정도로 고행하며 사셨습니다.
　　　안녕히 계십시오. 왕자님께서 거듭 주장하시는
　　　그 악덕들 때문에 저는 스코틀랜드를 떠납니다.
　　　아, 내 가슴이여. 너의 희망도 다 사라졌구나!

맬컴 맥더프 경. 정직으로부터 솟아 나오는
　　　고결하고 격정적인 비탄이 내 영혼으로부터
　　　검은 의혹을 걷어 내고, 당신의 귀한 진심과
　　　명예를 믿게 만들었습니다. 악마 같은 맥베스가

수많은 술책으로 나를 손아귀에 넣으려 하니
나도 신중하고 현명하게, 경솔히 굴지 않으려
주의하고 있는 중입니다. 그러나 하늘에 계시는
신께서 우리 사이를 보살펴 주시길!
지금부터 나는 당신의 인도를 따를 것이고,
나 자신에 관해 늘어놓은 비난을 거두렵니다.
나는 아직까지 여자를 알지 못하고,
거짓 맹세를 해 본 적이 없으며, 남의 물건은
고사하고 나의 물건조차 탐내지 않으며,
신의를 저버린 것은 한 차례도 없었고,
악마라도 배반해 팔아넘기지 않을 것이며,
목숨을 걸고라도 진실로 살기를 선택할 거예요.
방금 나에 대해 한 말이 내 첫 번째 거짓말이니,
진정으로 나 자신을 경과 불행에 처한 조국에
맡기겠습니다. 사실은 경이 이리로 오기 전
노장 시워드 백작께서 이미 만반의 준비를 갖춘
병사들을 이끌고 그리로 출발하셨습니다.
이제 우리가 합류할 차례입니다. 이번 일에
대한 명분이 뚜렷한 것처럼 성공의 가능성도
뚜렷할 거예요. 어째서 경은 아무 말씀이 없으십니까?

맥더프 이렇게 기쁜 일과 나쁜 일이 한 번에 닥치니 어떻게 조화시켜야 할지 모르겠습니다.

(의사 등장.)

맬컴 그럼 나중에 좀 더 이야기합시다.
　　　폐하께서 행차하십니까?
의사 예, 왕자님. 한 무리의 불쌍한 사람들이
　　　폐하의 치료를 기다리고 있습니다.
　　　그들의 질병은 아무리 위대한 의술로도
　　　치료할 수 없지만, 폐하께서 한번
　　　손을 대시기만 하면 하늘이 그 손길에
　　　놀라운 신통력을 내려 단번에 그들이
　　　완쾌된답니다.
맬컴 고맙소. 의사 선생.
(의사 퇴장.)
맥더프 그가 무슨 병을 두고 말하는 겁니까?
맬컴 연주창이라는 사악한 병입니다.
　　　이 훌륭하신 왕께서 하시는 기적 같은 일을
　　　내 그동안 잉글랜드에 머물면서 자주 보았지요.
　　　그가 하늘로부터 어떻게 그런 능력을 얻었는지는
　　　그분밖에 모릅니다.

그러나 이상하게 무서운 질병에

걸려 온몸이 붓고 곪아 비참한 사람들,

의사들도 손을 대지 못하는 사람들을

그는 낫게 만든답니다. 성스러운 기도를 올리며

금화 한 닢을 목에 걸어 주시면서 말이죠.

듣자하니 왕께선 왕위 계승자들에게

이 치유의 축복을 물려주신다고 합니다.

이러한 놀라운 능력 외에도 왕께서는

하늘이 내려 주신 예언의 능력을 겸비한바,

온갖 축복이 그의 옥좌를 둘러싸고

그분의 높은 덕의 충만함을 일러 주시고 있지요.

(로스 등장.)

맥더프 보십시오. 누가 이리로 오고 있습니다.

맬컴 우리나라 사람이긴 한데, 누군지 모르겠습니다.

맥더프 아니, 로스로구만. 어서 오시오.

맬컴 아, 이제야 알겠군. 선하신 신이시여.

　　우리 동포들 사이를 가로막는 장애물을 제거해 주소서!

로스 동감입니다. 왕자님.

맥더프 스코틀랜드 사정은 여전합니까?

로스 아아, 불쌍한 나라! 자신의 형편을

스스로도 알기를 두려워할 지경입니다.

우리의 모국이라기보다는 우리의 무덤이라

부르는 편이 더 낫겠습니다.

그곳에는 세상물정 모르는 이를 제외하고는

웃음 짓는 일이란 없고, 탄식과 신음과

대기를 찢는 비명이 들려도 누구 하나

거들떠보는 이 없으며, 가슴이 미어지는 슬픔도

흔한 감정처럼 보이는 곳입니다.

그곳에서는 죽음을 알리는 조종이 울려도

누가 죽었는지 묻는 이조차 없으며,

선한 사람들의 목숨이 모자 위에 꽂은 꽃보다

먼저 시들어 버리니,

병이 들기도 전에 죽어 버린답니다.

맥더프 너무 시적인 표현이지만 사실처럼 들리는군요.

맬컴 최근의 소식은 무엇입니까?

로스 단 한 시간 전의 소식만 전해도

남들의 조롱을 받을 겁니다.

시시각각 새로운 참사가 생겨나니까요.

맥더프 제 아내는 어떻게 지내고 있습니까?

로스 글쎄요. 잘 지내시겠지요.

맥더프 아이들도 모두?

로스 잘 있을 겁니다.

맥더프 그 폭군이 아직 그들의 평온을
깨뜨리지 않았다는 말씀입니까?

로스 그렇습니다. 적어도 제가 떠날 때까지는
모두 무사했습니다.

맥더프 말을 아끼지 말고 속 시원히 말하시오.
어떻게 지내고 있습니까?

로스 제가 슬픈 소식을 전하기 위해 이리로 올 때
듣기로는 많은 귀족이 봉기했다고 하더군요.
폭군의 군대가 출동하는 것을 보고 그 소문이
사실이라는 것을 확실히 믿게 되었습니다.
지금이야말로 조국을 구할 때입니다.
왕자님께서 스코틀랜드에 모습을 드러내시기만 하면,
극심한 고통을 벗고자 하는 사람들이 병사로
지원할 것이며, 여자들마저 싸울 겁니다.

맬컴 그들은 안심해도 좋을 겁니다. 우리가
그곳으로 갈 것이니. 인자하신 잉글랜드 왕께서
시워드 장군과 일만의 군대를 지원해 주셨습니다.
그 장군보다 더 노련한 명장은 기독교권에 아직
나오지 않았을 겁니다.

로스 저도 이 기쁜 소식에 기쁜 소식으로

응답할 수 있다면 좋으련만! 허나 제 소식은

황야의 허공에나 외쳐 듣는 이가 없어야 할 소식입니다.

맥더프 누구에 관한 소식입니까?

만인의 소식이요, 아니면 한 사람의 가슴을

아프게 할 개인적인 슬픔이요?

로스 정직한 사람이라면 누구든지 이 소식에

슬픔을 함께하지 않을 자가 없을 겁니다만,

주로 경에 관한 일이긴 합니다.

맥더프 나에 관한 일이라면, 숨기지 말고

빨리 알려 주시오.

로스 지금까지 한 번도 들어 보지 못한

가장 무거운 소식을 전할 것이니 경의 귀가

저의 혀를 영원히 원망하지 않도록 해 주십시오.

맥더프 흠, 짐작이 갑니다.

로스 경의 성은 습격당했고, 경의 부인과

자녀분들은 무참히 살해당했으며,

자세한 묘사를 한다면 죄 없이 죽어 간 가족들의 시체 위에

경의 시체를 더하게 될 것입니다.

맬컴 이럴 수가!

아니, 보시오!

차라리 슬픔을 말로 표현하시오.

슬픔이란 입을 열지 않으면

가슴에 속삭여 터지게 만드는 법입니다.

맥더프 나의 아이들도?

로스 부인, 아이들, 하인들,

눈에 띄는 사람들은 모두 다.

맥더프 그런데도 나는 그곳을

떠나 와야 했단 말인가. 내 아내는?

로스 말씀드린 것과 같습니다.

맬컴 진정하세요.

이처럼 치명적인 슬픔을 치료하기 위해서라도

맥베스에게 복수할 방법을 생각해 봅시다.

맥더프 그에겐 자식이 없습니다.

내 귀여운 것들을 모두? 모두라 하셨소?

오, 지옥의 솔개 같은 놈!

모두? 아니, 그래. 내 귀여운 병아리와 어미 닭을

한 번에 낚아채 갔단 말이오?

맬컴 대장부답게 극복하세요.

맥더프 그래야지요. 그러나

나에게 그처럼 귀중한 것들이 있었음을

잊을 수 없습니다. 하늘이 내려다보고도

그들을 돕지 않았단 말입니까?

죄 많은 맥더프여, 너 때문에 그들이 모두 스러졌다.

나야말로 사악한 인간이다. 본인들의 죄가 아니라,

나의 죄로 인해 그들의 영혼이 참변을 당했으니!

하늘이여, 그들의 영혼을 쉬게 하소서!

맬컴 이 슬픔을 경의 칼을 가는 숫돌로 삼으시고,

슬픔을 분노로 바꾸세요. 낙심하지 말고 격노하세요.

맥더프 아! 나도 눈으로는 여자처럼 울면서

입으로는 호언장담을 할 수 있습니다.

그러나 자비로운 신이시여, 한시도 지체 없이

모든 장애물을 제거하여 스코틀랜드의 악마와

저를 대면시켜 주시고, 이 칼이 미치는 곳에

그를 세워 주십시오. 그리고도 그자가 저의 칼날을

피할 수 있다면, 하늘이시여, 그자를 용서하소서!

맬컴 이제야 대장부다운 말씀을 하시는군요.

자, 잉글랜드의 왕께 갑시다. 우리 군대는 출전 준비를

갖추었으니, 왕께 작별을 고하는 일만 남았습니다.

맥베스는 흔들기만 하면 떨어질 정도 무르익은 과일이고,

하늘의 천사들도 우리와 함께 무장하였으니,

모쪼록 기운을 차리시지요.

밤이 아무리 길어도 결국 아침이 찾아오기 마련입니다.

(모두 퇴장.)

제
5
막

1장

던시네인. 성안의 한방

(의사와 시녀 등장.)

의사 이틀 밤을 그대와 함께 지켜보았으나, 그대의 보고가 사실이라는 것을 입증할 만한 것은 보지 못했소. 왕비께서 마지막으로 배회하셨던 것이 언제요?

시녀 폐하께서 싸움터로 나가신 후, 저는 왕비께서 침대에서 일어나 가운을 걸치시고는, 장롱을 열어 종이를 꺼내 접으시고, 글을 쓰시고 읽으신 후 그것을 봉하시고 난 뒤 침대로 돌아가시는 것을 보았는데, 이 모든 일을 하시면서도 줄곧 깊은 잠에 빠져 있었습니다.

의사 몸에 큰 이상이 생기신 듯하군요. 잠든 상태로도 깨어 있을 때와 똑같은 행동을 하시다니! 수면 상태에서 일어나서 걸어 다니시고, 깨어 있을 때처럼 행동하는 것 외에 왕비께서 말씀하시는 것을 들었습니까?

시녀 그건, 의사 선생님. 말씀드릴 수가 없습니다.

의사 내게는 할 수 있잖소. 게다가 그래야 하고.

시녀 의사 선생님은 물론이고 누구라도 안 됩니다. 제 말을 확인해 줄 증인이 없는요.

(맥베스 부인, 촛불을 들고 등장.)

보세요, 저기 왕비님께서 오십니다. 바로 저 모습입니다. 분명 깊이 잠들어 있습니다. 주의해서 보세요, 몸을 숨기시고.

의사 저 촛불은 어떻게 가져오신 거요?

시녀 곁에 두고 주무시니까요. 왕비님께선 곁에 항상 촛불을 두고 계십니다. 왕비님의 명령이지요.

의사 보시오, 눈을 뜨고 계시잖소.

시녀 하지만 시각은 닫혀 있습니다.

의사 지금 왕비님께서 하고 계시는 일이 무엇이오? 보시오, 저리 손을 비비시는 것 말이오.

시녀 언제나 하시는 행동인데, 저렇게 손을 씻는 듯한 모습을 보이십니다. 저는 왕비께서 십오 분이나 손 씻는 행동을 하시는 것도 본 적이 있습니다.

맥베스 부인 여기 아직도 흔적이 남아 있네.

의사 쉿! 말씀하신다. 하시는 말씀을 기록해 두어 기억력을 확실하게 뒷받침해야지.

맥베스 부인 지워져라, 저주받을 흔적이여! 제발 없어지라니까! 하나, 둘. 아니, 이제 해치울 시간이다. 지옥은 캄캄해. 저런, 폐하. 저런! 군인이시면서 뭐가 두려우세요? 아무도 우리의 권력을 두고 시비 걸 사람이 없는데. 그런데 누가 생각이나 했겠어요. 그 늙은이의 몸 안에 그리도 많은 피가 들어 있을 줄은?

의사 저 말을 들었소?

맥베스 부인 파이프의 영주에겐 아내가 있었는데, 그녀는 지금 어디에 있지요? 뭐, 이 손은 이제 절대로 깨끗해질 수 없단 말인가? 그만, 폐하. 이제 그만두세요. 이렇게 놀라 소동을 피우시면 만사를 망쳐 놓으실 겁니다.

의사 저런, 저런, 알아서는 안 될 일을 아셨군요.

시녀 왕비님께서 말하셔서는 안 될 말씀을 하셨습니다. 분명합니다. 왕비님께서 무슨 일을 알고 계시는지는 하늘만이 아십니다.

맥베스 부인 여기 아직도 피비린내가 나는구나. 온갖 아라비아의 향수를 다 써도 이 작은 손을 다시는 향기롭게 만들지는 못하리라. 아! 아! 아!

의사 저 한숨이라니! 마음에 크나큰 짐이 있으시구나.

시녀 제가 그녀처럼 고귀한 신분이 된다고 해도 가슴속에 저런 짐을 품고 살고 싶지 않아요.

의사 아무렴, 그렇지요. 그래.

시녀 제발 나으시면 좋겠습니다. 의사 선생님.

의사 이 병은 내 의술로도 고칠 수 없는 병이오. 하지만 나는 자면서 걸어다는 병에 걸린 이가 경건하게 그들의 침상에서 편히 운명했던 예를 알고 있지요.

맥베스 부인 손을 씻고 잠옷을 입으세요. 그렇게 창백한 얼굴을 하지 마시고요. 거듭 말씀드리지만 밴쿠오는 묻혔어요. 무덤에서 나올 수가 없다고요.

의사 그 일마저도?

맥베스 부인 자러 가요. 자러. 누가 문을 두드리고 있어요. 자, 자, 자, 손을 이리 주세요. 끝난 일은 돌이킬 수 없어요. 자러 가요, 자러 가요, 자러 가요.

(맥베스 부인 퇴장.)

의사 이제 곧장 침대로 가시나?

시녀 예.

의사 좋지 않은 소문이 떠돌고 있어요.

이치에 어긋나는 행위는 기이한 문제를 낳는 법.

병든 마음은 귀먹은 베개에라도 비밀을 털어놓지요.

왕비께는 의사보다 성직자가 필요합니다.

하느님, 우리 모두를 용서하소서!

왕비를 돌보시오. 모든 자해할 수 있는 도구를

치우시고, 항상 지켜보세요. 그럼, 안녕히 주무시오.

왕비께서 내 눈과 마음을 혼란에 빠뜨리셨구나.

생각하는 바는 있으되, 감히 말할 수 없구려.

시녀 의사 선생님도 안녕히 주무십시오.

(모두 퇴장.)

2장
ᵒᵒᵒᵒᵒᵒ
던시네인 부근의 시골

(고수 및 기수를 대동하고 멘티스, 케스니스, 앵거스, 레녹스, 그리
고 병사들 등장.)

멘티스 맬컴 왕자, 그의 숙부 시워드,

　　그리고 맥더프 장군이 이끄는 잉글랜드 군이

　　가까이 와 있습니다. 그들은 복수심에 불타고 있어요.

　　원한으로 사무친 그들의 명분은 죽은 이마저 깨워

　　피비린내 나는 전장으로 뛰어들게 할 정도라 합니다.

앵거스 버남 숲 근처에서

　　우리는 그들과 만나게 될 거요.

　　그들은 그쪽으로 오고 있으니.

케스니스 도널베인 왕자님이 형님과 함께 계시는지
누구 아시는 분 있습니까?

레녹스 함께 계시지 않은 듯합니다. 저에겐
귀족들의 명단이 있는데, 시워드 장군의 아들을 비롯해
이제 막 성년이 된 새파란 젊은이들이 많습니다.

멘티스 그 폭군은 어떻게 하고 있소?

케스니스 던시네인의 성을 튼튼한 요새로 만들고
있습니다. 어떤 이들은 그가 실성했다고 말하고
그를 덜 미워하는 사람은 그것을 만용이라 부르지요.
그러나 분명한 것은 그자는 이제 이 혼란한 사태를
자제력이라는 허리띠로 졸라 맬 수 없을 거라는 겁니다.

앵거스 이제는 그자도 느낄 겁니다.
남모르게 저지른 살인이 자기의 손에 엉겨 붙어
떨어지지 않음을. 지금 시시각각 일어나는 반역이
자신의 거울이라는 것을. 그의 명령을 받는 자들은
충성심에서가 아니라 명령이니까 움직일 뿐입니다.
지금에야 느낄 거요. 자신이 가진 왕이라는 칭호가
난쟁이 도둑이 거인의 옷을 훔쳐 입은 듯 헐렁하게
걸쳐져 있다는 것을.

멘티스 그렇다면 누가 그자의 정신이 혼미해져
움츠리고 소스라치게 놀란다 해서 비난할 수 있겠소.

157

스스로가 자신의 존재를 두고 비판할 텐데.

케스니스 자, 진군합시다.

진정 바쳐야 할 곳에 충성을 바치기 위해서.

병든 이 나라를 치료하실 분을 만납시다.

그래서 그분과 함께 이 나라의 병을 정화하는 데

우리의 핏방울을 쏟아 냅시다.

레녹스 또한 그 군주의 꽃에 물을 주고

잡초는 익사시켜 버려야겠지요.

버남으로 진군해 갑시다.

(행군하며 퇴장.)

3장
○○○○○
던시네인, 성안의 한 방

(맥베스, 의사와 시종들 등장.)

맥베스 더 이상 내게 보고하지 말라.

모두들 도망치라고 해. 버남의 숲이

던시네인으로 옮겨 오기 전까진,

나는 겁내지 않을 것이다. 애송이 맬컴이 다 뭐냐?

여자의 몸에서 태어나지 않았느냐?

인간의 미래를 환히 알고 있는 환영들이

내 운명을 두고 공언했다.

'맥베스는 두려워 말라. 여자의 몸에서 태어난

자는 그대를 이길 수 없으리라.'고.

그러니 도망쳐라. 멍청한 영주 놈들아.

방탕한 잉글랜드 놈들하고 어울리라고.

나를 지배하는 정신과 내가 품고 있는 용기는

의혹으로 기죽거나, 두려움으로 동요되지 않을 것이다.

(하인 등장.)

악마에게 저주받아 시커멓게 되어라,

이 허옇게 겁에 질린 멍청아!

어디서 그렇게 거위 같은 모습을 배웠느냐.

하인 일만 명의…….

맥베스 거위 떼가?

하인 병사들입니다, 폐하.

맥베스 가서 그 얼굴을 찔러 파랗게 질린 얼굴에

붉은 피 칠이라도 해라. 간이라곤 콩알만큼도 없는 놈!

뭐? 병사? 이 광대 자식. 혼 빠진 놈!

백짓장같이 허연 네놈의 얼굴을 보면 멀쩡한 사람도

겁을 먹겠다. 병사라고, 이 겁쟁이야?

하인 잉글랜드군입니다.

맥베스 그 얼굴 보기 싫으니 물러가라.

(하인 퇴장.)

시튼! 그 얼굴을 보니 비위가 상하네.

시튼! 거기 있느냐?

이번 전투로 나는 이 자리를 영원히 지키든,

밀려나게 될 것이다.

나도 이제 살 만큼 오래 살았다.

내 인생도 황혼으로 접어들었고

시들 대로 시들어 낙엽이 되어 떨어지려 하니.

그런데 노년에 마땅히 따라야 할 명예, 사랑, 복종,

그리고 수많은 친구를 가질 수 없게 되었으니.

그 대신 크지는 않으나 깊은 원한과 입 발린 아첨과 빈말만

을 듣게 되니,

당장에 그것들을 물리치고 싶어도 약해진 마음은 감히

그렇게도 못 하고 있지. 시튼!

(시튼 등장.)

시튼 무슨 일이십니까?

맥베스 다른 소식은 없느냐?

시튼 지금까지 받은 보고가 모두 확인되었습니다, 폐하.

맥베스 난 싸울 것이다. 내 뼈에서 살점이 찢겨 나갈 때까지.

　　　갑옷을 이리 다오.

시튼 아직은 그러실 필요 없습니다.

맥베스 아니, 입고 있겠다.

기마병을 더 보내 전국을 순찰케 해라.

무섭다고 말하는 놈들은 목을 매달아 처형해라.

내 갑옷을 다오.

환자는 어떤가, 의사?

의사 왕비께서는 육체적 질병보다는

수시로 엄습해 오는 환영에 시달리시어

제대로 휴식을 취하시지 못하고 계십니다.

맥베스 바로 그걸 고치라는 말이다.

그대는 병든 마음을 다스려서 깊이 뿌리박힌

근심을 기억 속에서 뽑아내고, 뇌수에 새겨진

고통을 지우며, 감미로운 망각제로 답답한

왕비의 가슴과 심장을 짓누르는 위험한 것들을

깨끗이 씻어 낼 수 없냐는 말이다.

의사 그 일은 환자 스스로가 다스리셔야 합니다.

맥베스 의술 같은 건 개에게나 던져 줘라. 그런 건 내겐 필요 없

다. 자, 갑옷을 입혀라. 내 창을 다오. 시튼, 기병을 보내라.

의사, 영주들이 도망치고 있다네. 자, 서둘러 입혀라.

의사양반, 만일 자네가

이 나라의 소변을 검사해 질병을 찾아내고

그것을 몰아내어 건강했던 원상태로 되돌릴 수 있다면,

청찬이 메아리가 되어 돌아와 자네를 다시

청찬할 때까지 내 그대를 청찬하겠네. 그것을 벗기라니까.

그 어떤 대황, 하제, 아니면 다른 설사약을 사용해

잉글랜드 놈들을 싹 쓸어버릴 수 없을까?

놈들의 소문을 들었는가?

의사 예, 폐하. 폐하께서 전쟁 준비를 하시니

저희도 들은 바가 있기는 합니다.

맥베스 갑옷은 나중에 가져오거라.

나는 죽음도, 파멸도 두려워하지 않을 것이다.

버남의 숲이 던시네인으로 오지 않는 한.

(의사만 남고 모두 퇴장.)

의사 (방백) 내가 던시네인에서 도망칠 수만 있다면,

그 어떤 이득이 생긴다 해도 다시는 돌아오지 않을 것이다.

(모두 퇴장.)

4장

버남 숲 근처의 시골

(고수와 기수를 거느리고, 맬컴, 시워드 장군과 그의 아들, 맥더프, 멘티스, 케이스네스, 앵거스, 레녹스, 로스 및 병사들이 진군하며 등장.)

맬컴 여러분, 나는 우리가 안심하고 잠잘 날이
　　가까이 있다고 믿습니다.

멘티스 믿어 의심치 않는 바입니다.

시워드 이 앞이 무슨 숲입니까?

멘티스 버남 숲입니다.

맬컴 모든 병사로 하여금 가지를 하나씩 잘라
　　앞에 들어 자신을 가리게 하시오. 그러면 우리 편의

숫자를 감출 수 있을 뿐 아니라, 정찰병이 우리에 대해
제대로 보고하지 못할 것이오.

병사 그리하겠습니다.

시워드 우리가 알고 있는 것은 그 오만방자한 폭군이
던시네인을 지키고 앉아 우리의 포위 공격을 막아 낼
심산이라는 겁니다.

맬컴 그것이 그자의 가장 큰 희망일 테지요.
달아날 기회만 있다면 지휘 고하를 막론하고
그에게 반기를 들고 달아나려 할 테니 말입니다.
마음에도 없는 강요를 받고 있을 뿐, 그들은
그자를 섬기지 않으니 말이오.

맥더프 우리의 판단이 정확한지는 결과를 기다려
보도록 하고, 지금은 군인으로서의 임무를 다합시다.

시워드 때가 다가오고 있소.
적절한 판단이 우리가 무엇을 얻고 잃는지
말해 줄 때가. 추측은 불확실한 희망을 안겨 주니
확실한 결과는 실전만이 알려 줄 것입니다.
그러니 실전을 위해 진군합시다.

(모두 행군하며 퇴장.)

5장

던시네인, 성안

(고수와 기수를 거느리고 맥베스, 시튼, 병사들 등장.)

맥베스 우리의 깃발을 성벽 바깥에 내걸어라.

여전히 '적군이 몰려온다.'고 외치고들 있구나.

나의 성은 난공불락이니 포위 따위는 가소로울 뿐이다.

놈들더러 여기에 진을 치고 기다리라고 해라.

기아와 역병이 그놈들을 집어삼킬 때까지.

우리 편에 서야 할 놈들이 저놈들에게 합세하지 않았다면

수염을 맞대고 싸워 저놈들을 제 나라로 쫓아 버렸을 텐데.

(안에서 여자들의 비명소리가 들린다.)

저건 무슨 소리냐?

시튼 여인들의 비명 소리입니다, 폐하.

(시튼 퇴장.)

맥베스 나는 이제 공포의 맛도 거의 잊어버렸다.

밤에 비명 소리를 들으면 오감이 얼어붙어 섬뜩해지던

때가 있었지. 끔찍한 얘길 들으면 살갗의 털이 곤두서

거기에 생명이라도 있다는 듯 꿈틀대던 때도 있었지.

그러나 나는 이제 공포를 한껏 맛보았다.

살기를 품은 내 생각은 이제 남들이 흔히 놀라는

섬뜩함에도 전혀 놀라지 않는구나.

(시튼 재등장.)

웬 비명이었느냐.

시튼 폐하! 왕비께서 돌아가셨습니다.

맥베스 지금이 아니라도 언젠가는 죽어야 할 사람이었다.

내일, 내일, 또 내일이 이렇게 작은 걸음으로

하루하루 정해진 시간의 마지막 순간을 향해 기어가는구나.

우리가 지나온 모든 어제는

바보들이 한 줌의 먼지로, 죽음으로 향하는 길을 비추어 준다.

꺼져라, 꺼져라, 덧없는 촛불이여!

인생은 한낱 걸어 다니는 그림자에 불과한 것.

제 시간이 되면 무대 위에서 뽐내며 시끄럽게 떠들지만
어느덧 사라져 더 이상 들리지 않는구나.
그것은 바보가 지껄이는 이야기.
소음과 광기로 가득 차 있으니
아무런 의미도 없구나.

(전령 등장.)

네놈은 혓바닥을 놀리려 왔을 테니,
어디 말해 봐라.
전령 자비로우신 폐하.
제가 본 대로 보고드려야겠으나,
어떻게 말씀을 드려야 할지 모르겠습니다.
맥베스 어서 말해 보라.
전령 제가 언덕 위에서 망을 보고 있었을 때,
버남 쪽을 바라보게 되었습니다. 그런데
느닷없이 그 숲이 움직이기 시작했습니다.
맥베스 거짓말이다, 이 노예 같은 놈!
전령 사실이 아니라면 폐하의 노여움을
달게 받겠습니다. 3마일 안에서는 그것이
다가오는 것을 보실 수 있습니다.

움직이는 숲 말입니다.

맥베스 만약 네놈의 말이 거짓이라면,

가까운 나무에 네놈을 매달고 굶겨 죽일 것이다.

만약 네놈의 말이 사실이라면, 네가

나에게 그리 해도 좋다.

결심을 확고하게 해야 할 이때에,

진실과 같은 거짓말을 하는 악마의 모호한 예언이

의심스러워지는구나.

'두려워 말라. 버남의 숲이 던시네인으로 옮겨 오기 전까지.'

그런데 지금 숲이 던시네인으로 다가오고 있다질 않는가.

무장, 무장을 하고 나서라!

저놈이 주장하는 말이 사실이라면

이곳에서 달아날 수도, 머물 수도 없다.

이제 태양을 보는 것도 싫증이 나는구나.

그러니 우주의 질서가 무너져 혼란이 왔으면.

경종을 울려라! 바람아, 불어라!

파멸이여, 오너라!

짐은 적어도 갑옷은 걸치고 죽을 것이다.

(모두 퇴장.)

6장

던시네인, 성 앞의 벌판

(고수 및 기수와 함께 맬컴, 시워드 장군, 맥더프, 다른 장군들과
나뭇가지를 든 군인들 등장.)

맬컴 자, 이제 충분히 접근했으니

잎이 달린 가리개는 던져 버리고, 본래의 모습을

드러내도록 하시오. 숙부님이신 장군께선

제 사촌인 아드님과 함께 선봉 부대를 지휘해 주세요.

맥더프 장군과 짐은 계획에 따라 나머지 일을 맡아

처리하겠습니다.

시워드 안녕히 계십시오.

우리가 오늘 밤 폭군의 군대를 만나기만 하면

죽음을 무릅쓰고 싸울 것입니다.

맥더프 모든 나팔을 불어라. 힘껏.

　　피와 죽음을 예고하는 요란한 나팔을.

(모두 퇴장.)

7장
○○○○○
같은 곳, 벌판의 다른 지역

(경종. 맥베스 등장.)

맥베스 놈들이 나를 말뚝에 붙들어 매어 놓았구나.

　　　도망칠 수 없으니 곰처럼 한바탕 싸울 수밖에.

　　　여자가 낳지 않은 자가 누구냐?

　　　그런 놈이 아니라면, 난 그 누구도 두렵지 않다.

(젊은 시워드 등장.)

젊은 시워드 네 이름은 무엇이냐?

맥베스 네놈이 들으면 두려워 떨 것이다.

젊은 시워드 당치 않다. 설사 네가 지옥의

　　어느 놈보다 더 극악한 이름으로 불린다 해도.

맥베스 내 이름은 맥베스다.

젊은 시워드 악마 자신도 그보다 더 가증스러운

　　이름을 입에 올리지는 못할 것이다.

맥베스 그래, 그보다 더 두려운 이름도.

젊은 시워드 어림없는 소리다. 이 무도한 폭군아.

　　내 칼로 나의 용감함을 증명해 주마.

(둘이 싸우고 젊은 시워드가 살해된다.)

맥베스 네놈은 여자가 낳은 놈이로구나.

　　네 칼도 우습고 무기도 가소롭구나.

　　여자가 낳은 놈이 휘두른다면.

(퇴장.)

(경종. 맥더프 등장.)

맥더프 저쪽에서 요란한 소리가 들리는군.

　　폭군아, 얼굴을 내보여라. 내 칼을 받지 않고

　　네놈이 살해되었다면, 내 아내와 아이들의 망령이

　　영원히 나를 괴롭힐 것이다. 돈 때문에 마지못해

　　창을 잡을 불쌍한 용병들을 죽일 수는 없다.

맥베스 네놈이 아니라면, 내 칼을 피로 더럽힐

생각이 없으니, 다시 고스란히 칼집에 넣겠다.

저기 네 놈이 있는 게 분명하렷다.

저렇게 큰 소리가 나는 걸 보니. 누군가 대단히

높은 분이 있는 듯하구나. 운명의 여신이여!

그놈을 찾아내게 해 주소서!

그러면 더 이상 애원하지 않겠습니다!

(퇴장. 공격 신호.)

(맬컴과 시워드 장군 등장.)

시워드 저쪽입니다, 왕자님.

성을 아무런 저항 없이 내놓았습니다.

폭군의 부하들은 양편으로 갈라져 싸우고 있고,

영주들도 전투에서 훌륭히 싸우고 있습니다.

오늘의 승리는 왕자님의 것임이 확실하니,

남은 일이 별로 없을 듯합니다.

맬컴 적들이 우리를 공격하려 들지 않더군요.

시워드 자, 성안으로 들어가십시오.

(모두 퇴장. 공격 신호.)

8장

∞∞∞∞∞

전장의 다른 곳

(맥베스 등장.)

맥베스 내가 무엇 때문에 로마의 바보들처럼

　　내 칼에 죽어야 한다는 것인가. 살아 있는 놈들이

　　눈에 띄는 한, 그놈들을 베는 것이 더 나은데 말이다.

(맥더프 등장.)

맥더프 돌아서라, 지옥의 사냥개 같은 놈, 돌아서!

맥베스 다른 모든 놈 중에 너만은 피해 왔다.

　　그러니 물러서라! 내 영혼은 이미 흘린 네 가족의 피로 짐이 너무 무겁다.

맥더프 네놈과는 할 말이 없으니,

내 칼이 말을 대신할 것이다.

이 말로 할 수 없는 잔인한 악한아!

(둘이 싸운다.)

맥베스 네놈은 헛수고를 하고 있다.

네놈의 날카로운 칼은 공기만을 벨 뿐,

내 몸에 상처를 입힐 수는 없을 것이다.

네놈의 칼로는 베기 쉬운 놈들이나 베어라.

나는 마력의 보호를 받는 생명을 지녔으니

여자가 낳은 자에게는 굴복하지 않을 것이다.

맥더프 네놈의 마력이라는 것도 쓸데없는 것.

네가 줄곧 섬겨 온 그 악령에게 물어봐라.

맥더프는 달이 차기 전에 어머니의 배를

가르고 나온 사람이라고 알려 줄 테니.

맥베스 그딴 소리를 지껄이는 그 혓바닥에

저주가 있으라. 그 말이 나의 용기를 꺾어 놓는구나.

이중적인 애매한 말로 우리를 속이는 교묘한

악마들을 믿을 것이 못 되니, 우리의 귀에는 약속을

속삭여 지키는 듯하다가 기대하면 깨뜨린다.

네놈과는 싸우지 않겠다.

맥더프 그럼 항복해라. 이 비겁자야.

목숨을 부지하여 이 세상의 구경거리가 되어라.

우리는 네놈의 그림을 진기한 괴물인마냥

장대에 매달아 아래에 "여기 폭군의 모습을 볼 수 있다."고

써 붙여 놓을 것이다.

맥베스 항복은 하지 않겠다.

애송이 맬컴의 발아래 땅에 입을 맞추고

사방에서 개나 소나 떠드는 욕설을 들어야 할 테니.

비록 버남의 숲이 던시네인으로 오고,

여자가 낳지 않은 네놈을 상대로 싸우고 있지만,

나는 끝까지 있는 힘을 다해 싸울 것이니,

무인의 방패를 앞세우고 도전한다. 덤벼라, 맥더프!

"멈춰라, 그만해라."고 외치는 자는 지옥에나 떨어져라!

(싸우며 퇴장. 경종)

(싸우면서 다시 등장하고, 맥베스가 살해된다.)

9장
던시네인 성안

(공격 중지 신호. 요란한 나팔 소리. 기수 및 고수와 함께 맬컴, 시워드 장군, 로스, 영주들 및 병사들 등장.)

맬컴 보이지 않는 친구들이 무사히 이곳으로 오길 바라오.

시워드 전투에서 얼마간의 희생은 어쩔 수 없으나,

　　　이곳에 남아 있는 사람들을 보니 위대한 승리의 대가치고는

　　　치른 값이 적은 듯합니다.

맬컴 맥더프 경이 보이질 않습니다. 장군의 아드님도요.

로스 장군의 아드님은 군인으로서의 의무를 다했습니다.

　　　끝까지 사나이답게 살았을 뿐 아니라

　　　용맹함을 증명하면서 싸우던 자리에서

한 발자국도 물러나지 않고 버티면서

남자답게 죽었습니다.

시워드 그럼 그 애가 전사했소?

로스 예. 시신은 싸움터에서 운구되었습니다.

장군의 슬픔을 아드님의 가치로 측량해서는

안 될 것입니다. 그러자면 끝이 없을 테니까요.

시워드 상처는 정면에서 입은 것이오?

로스 그러했습니다. 이마에 입었더군요.

시워드 그렇다면 신의 곁에서 군인이 되었기를!

내게 머리카락만큼 많은 아들이 있다 해도

그보다 더 훌륭한 죽음을 바라진 못할 것이니,

이로써 그 아이를 애도하는 조종은 울린 것이오.

맬컴 마땅히 더 애도해야 할 것이니,

나머지 애도는 내가 맡겠소.

시워드 더 이상의 애도는 필요 없습니다.

그 애는 훌륭히 죽었고, 군인으로서 의무를

다했으니 말입니다. 신이시여, 그 애를 보살펴 주소서!

저기 새로운 위안의 소식이 옵니다.

(맥더프, 맥베스의 머리를 들고 등장.)

맥더프 국왕 폐하 만세!

이제 왕이 되셨습니다. 보십시오.

왕위를 찬탈한 자의 머리가 장대에 꽂혀 있는 것을.

이제 해방입니다. 폐하께선 왕국의 보배들인

귀족들로 둘러싸여 계시며, 그들은 마음속으로

저와 함께 환영 인사를 말하는바, 저와 함께

큰 소리로 외칩시다.

스코틀랜드 국왕 폐하 만세!

일동 스코틀랜드 국왕 폐하 만세!

(요란한 나팔 소리.)

맬컴 짐은 지체하지 않고 경들의 공적을 헤아려

공평한 보상을 내릴 것이오. 영주들과 친족 여러분,

이제부터 백작이 되십시오. 스코틀랜드에서는

처음으로 이와 같은 칭호가 주어지는 것입니다.

새 시대가 열리니 처리해야 할 일이 많습니다.

왕위를 찬탈한 폭군의 감시를 피해

국외로 망명한 친구들을 불러들이고,

죽은 이 백정 같은 폭군과 난폭한 손으로

스스로 목숨을 끊은 악마 같은 왕비의 잔인한

앞잡이를 밝혀내는 일, 그 외에 국왕으로서

짐에게 요구되는 일들을 하느님의 보살핌에 따라

법도와 때와 장소에 따라 처리하겠소.

그러므로 여러분 모두에게 두루 감사하오.

모두들 스쿤에서 거행될 짐의 대관식에

참석해 주시길 바라는 바요.

(요란한 나팔 소리. 모두 퇴장.)

피와 밤의 무대,《맥베스》

비극적 주인공의 탄생 원리

'충성스럽고', '용감하며', '고귀'한 장군 맥베스는 어째서 '살인'을 거듭하는 '폭군'으로, '저주받을', '피투성이의 악마'가 되었을까? 그의 파멸을 기록하는 비극《맥베스》는 셰익스피어의 비극 중에서도 플롯의 전개가 빠르고 매우 압축적이다. 시종일관 극은 밤의 어둠 속에서 살해 모의와 범죄를 벌이고, 착란과 환청, 환상이 뒤덮고 있으며, 이것들이 제공하는 애매모호함 및 불명확성과 함께 맥베스는 천천히 파국을 향해 나아간다.

고전 비극에 대해 논한 아리스토텔레스에 따르면, 비극적 주인공은 "양극단을 피하여 탁월하게 선량한 것도 아니지만, 그렇다고 해서 그의 불행이 사악함이나 타락에 기인하는 것도 아닌, 어떤 실수나 성격상의 결함(hamartia)에서 비롯되는 인물"이어야 한다. 아울러 주인공의 성격은 "보통보다 나아야" 한다. 말하자면, 그는 도덕적으로는 선과 악 어느 한쪽으로 치우치지 않는 인물이면서, 성격에 있어서는 비범하고 훌륭한 면이 있어야 한다는 것이다. 이와 관련하여 노스롭 프라이(Northrop Frye)는, 비극의 주인공은 우리와 같은 평범한 인간인 동시에 그가 지닌 성격적 강력함과 강렬함으로 우리를 대신해 신이나 운명과 대적해 싸우는 대변자요 챔피언이라고 말한 바 있다. 셰익스피어의 비극《맥베스》는 이러한 고전 비극의 특징을 가장 잘 드러내는 영웅 비극(heroic tragedy)이자 숭고한 비극(high tragedy) 가운데 하나이다. 이러한 비극에서 중요한 것은 외부의 압력에 굴복하거나 수동적으로 당하지 않는, 즉 그에 맞붙어 싸우고, 되받아치는 정념과 열정의 인물이다. 맥베스는 '권력에의 야심'이라는 성격적 결함을 가졌고, '용감'하고 '용맹무쌍'하여 세상 모두가 그에게 등을 돌리는 순간까지 '짐은 갑옷을 입고 죽을 것'이며 '끝까지 싸울 것'이라 외친다.

몇몇 평자들은 맥베스가 덩컨 왕을 살해하는 악한 짓을 저지르게 된 직접적 계기를 마녀들이 제공했다고 본다. 그러나《맥베스》에 등장하는 마녀들은 그가 왕이 될 것이라고 했지만 덩컨을 살해해야 한다고 말하지 않았고, 밴쿠오의 자손이 왕이 되리라고 했지만 맥베스더러 그를 살해하라고 말하지도 않았다. 그들은 애매모호한 말로 맥베스의 앞날을 예언하고 그를 혼란에 빠뜨리지만, 그들이 직접 절대적인 악을 구현하지는 않는다. 마녀들은 맥베스가 죄를 범할 운명이라 말하지 않았으며, 죄를 범하도록 강요하지도 않았다. 따라서 죄에 대한 도덕적인 책임은 모두 맥베스에게 있다. 다시 말해, 이 극은 마녀라는 '운명적 요소'보다는 선과 악의 선택에 있어 '맥베스의 자유의지'가 더 두드러지게 나타난다. 자유의지를 가지고 인간의 선한 면과 악한 면 사이에서 내적 갈등을 일으키는 맥베스의 모습은 관객들에게 강렬한 인상을 남기는데, 특히 자신의 죽음을 예감하며 전장으로 나가기 전에 하는 다음과 같은 독백은 관객들로 하여금 맥베스에게 인간적인 애정과 연민을 갖지 않을 수 없게 한다.

"내일, 내일, 또 내일이 이렇게 작은 걸음으로
하루하루 정해진 시간의 마지막 순간을 향해 기어가는구나.
우리가 지나온 모든 어제는
바보들이 한줌의 먼지로, 죽음으로 향하는 길을 비추어 준다.
꺼져라, 꺼져라, 덧없는 촛불이여!
인생은 한낱 걸어 다니는 그림자에 불과한 것.
제 시간이 되면 무대 위에서 뽐내며 시끄럽게 떠들지만
어느덧 사라져 더 이상 들리지 않는구나.
그것은 바보가 지껄이는 이야기.
소음과 광기로 가득 차 있으니

아무런 의미도 없구나."

-5막 5장

인생을 타오르다 꺼져 버리는 연약한 촛불, 그림자, 그리고 무대 위를 활보하다 퇴물이 되어 사라지는 연극배우에 비유하는 맥베스의 독백은 《햄릿》의 독백 "죽느냐, 사느냐, 그것이 문제로다."에 비견될 정도로, 《맥베스》에서 가장 유명한 대사로 손꼽힌다. 강인하면서도 나약하고, 선하면서도 악한 그의 모순적인 모습과 인간 내면의 본질을 비극적으로 그려 내는 극의 백미가 이 대사에 녹아 있다.

남성적 세계에의 도전

이 극에서 맥베스를 제외하고 주목해야 할 인물이 또 하나 있다면, 그것은 단연 맥베스 부인이어야 할 것이다. 그녀가 가진 강인한 정신력과 목적지향적인 모습은 셰익스피어가 창조한 수많은 극 중 인물 가운데서도 특별히 돋보인다. 특히 극의 초반 맥베스 부인이 보여 주는 냉혹하고 단호한 모습은 남편인 맥베스를 압도하고도 남는다. 그녀 앞에서는 적을 단칼에 베는 '용맹의 총아'인 맥베스도 '남자답지 못하다.'고 비난받는다. 이처럼 당차고 강인한 그녀의 모습에, 몇몇 평자는 그녀야말로 '제4의 마녀'라고 평가하기도 한다. 마녀와 더불어 맥베스 부인은 맥베스의 마음 속 깊숙이 억압되어 있던 무의식적 열망을 표출시키고, 현실화시키는 촉매제의 역할을 맡고 있기 때문이다.

맥베스 부인은 '파괴하는 어머니상'으로, 여성이 가졌다고 여겨지던 연민의 정과 부드러움을 저버리고 생명 창조와 양육의 역할을 포기하는 대신, 남성적 용맹성을 지니고 남성의 세계에 도전한다. 그녀는 남성의 몫인 권력을 탐하며, 남성의 허약함을 꾸짖는다. 덩컨을 살해하는 데 주저하는 맥베스를 두고 그녀는 "지금껏 입고 있던 희망이라는 옷은 술에 취해 있었나요? (……) 지금부턴 당신의 사랑도 그런 줄로 알겠어요. 당신은 (……) '갖고 싶다.' 하면서도 '감히 할 수 없어.' 하면서 평생 비겁자로 살 생각이에요?"(1막 7장)라며 결단과 실행을 재촉하고, 뱅쿠오의 유령을 보고 벌벌 떠는 맥베스에게 "당신도 사내대장부예요?"(3막 4장)라며 몰아세운다. 특히 덩컨을 살해하기 전 맥베스를 설득하는 부인의 다음과 같은 대사는 그 생생한 이미지와 단호함으로 지금까지도 현대의 관객들에게 충격을 준다.

"나는 아기에게 젖을 먹여 본 적이 있어요.
그래서 젖을 빠는 아기가
얼마나 사랑스러운지 잘 알고 있어요.

그러나 만약 제가 당신처럼 맹세를 했다면,

그 어린 것이 나를 보고 방실방실 웃는다 해도

그 말랑말랑한 잇몸에서 젖꼭지를 확 잡아채어

아기의 머리통을 단번에 박살 냈을 겁니다!"

-1막 7장

피와 밤의 상징성

붉은 핏빛은 맥베스의 무대를 지배하는 이미저리(imagery)
이다. 전쟁터에서 적을 단칼에 베며 가는 곳마다 피를 뿌리는
장군 맥베스는 덩컨을 살해하려는 마음을 품자마자 환상 속에
서 단검과 마주한다. 그리고 선혈이 뚝뚝 떨어지는 환상 속의
단검을 따라 덩컨 왕의 피, 밴쿠오의 피, 맥더프의 처자식과 병
사들의 피, 결국에는 맥베스의 피마저 무대 위에서 흩뿌려진다.
맥베스의 유명한 대사 — "저 위대한 넵튠의 모든 바닷물을 쓴
데도 내 손에 묻은 피가 깨끗이 씻길까? 아니다, 내 손이 오히
려 그 무한한 바닷물을 핏빛으로 물들여, 푸른 바다를 붉게 바
꿔 놓겠지."(2막 2장) — 를 듣는 관객의 눈앞에 떠오르는 이미
지, 푸르게 넘실거리는 바다가 서서히 붉은 핏빛으로 변하는
장면은《맥베스》전체를 관통하는 이미저리이다.

맥베스 부인 또한 피에 사로잡혀 있다. 그녀는 양심의 가책
으로 잠든 상태에서 끊임없이 자신의 피 묻은 손을 씻어 내는

동작을 반복하는데, 이러한 기이한 행각은 궁전에 흉흉한 소문이 떠돌게 하고 맥베스와 그녀 자신의 파멸에 일조한다. 특히 그녀의 대사 "여기 아직도 피비린내가 나는구나. 온갖 아라비아의 향수를 다 써도 이 작은 손을 다시는 향기롭게 만들지는 못하리라. 아! 아! 아!"(5막 1장)는 앞서 시각적으로 표현된 맥베스의 대사와 대구를 이루는 후각적 표현으로, 셰익스피어의 탁월한 심리 묘사를 보여 준다.

다음으로, 《맥베스》에 나타나는 밤의 이미지를 살펴보자. 이 극에서 밤은 중요한 상징이자 무대장치로 기능하며, 극의 주제를 전달하는 데 기여한다. 밤은 무의식 속에 억압되어 있던 욕망과 짓눌렸던 감정이 활개치고, 인간 내면의 악한 본성이 드러나는 때를 상징한다. 이 극에서 나타나는 주요 장면들, 예를 들면 덩컨 왕과 밴쿠오의 살해, 맥베스 부인의 몽유병 장면 등 많은 죽음이 앞뒤를 분간할 수 없는 어두운 밤에 벌어진다. 그러기에 등장인물들은 각각 '밤'에 관해 의미심장한 대사를 주고받는다.

"캄캄한 밤아, 너도 와서 지옥의 가장 어두운 연기로
자신을 감추어라. 이 날카로운 단검이 만드는 상처를
스스로 보지 못하도록, 하늘도 어둠의 장막 사이로 엿보고
'멈추어라, 멈춰!'라고 외치지 못하도록!"

-1막 5장 맥베스 부인의 대사 중에서

"애야, 밤이 얼마나 깊었느냐?

(……) 깊은 졸음이 무거운 납덩이처럼

나를 짓누르는데도, 자고 싶지는 않구나.

자비로운 천사들이여!

잠이 들면 찾아오는 저주받을 망상들을 억제해 주소서!"

-2막 1장 뱅쿠오의 대사 중에서

"아, 어르신.

하늘이 인간의 잔인한 행동을 괘씸히 여겨

피비린내 나는 이 무대를 위협하고 있는 듯합니다.

시각은 분명 낮인데, 시커먼 밤의 장막이

운행 중인 태양의 목을 조르고 있습니다."

-2막 4장 로스의 대사 중에서

"오너라, 세상의 눈을 감기는 밤이여.

자비로운 낮의 부드러운 눈을 가리고

보이지 않는 그대의 피 묻은 손으로

나를 창백하게 질리게 하는 그 크나큰 보증서를

갈기갈기 찢어 무효로 만들어라.

날이 어두워지고 있구나.

땅 까마귀는 어두운 숲 속으로 날아든다.

낮 동안 선량했던 무리들은

고개를 숙이고 졸기 시작하고,

밤의 흉악한 무리들은 먹이를 찾아 고개를 든다."

-3막 2장 맥베스의 대사 중에서

이들과 달리, 맥베스의 반대편에 서서 비틀린 스코틀랜드의 질서를 바로 세우고자 하는 왕자 맬컴은 "밤이 아무리 길어도 결국 낮이 찾아오기 마련입니다."(4막 3장)라고 말한다. 그는 죽음, 죄, 악과 연결되는 밤/암흑과 대조를 이루는 낮을 옹호하는 인물이다. 이때 낮/빛은 생명, 덕, 선을 나타내며 밤과는 대조된다. 맬컴과 인자한 잉글랜드 왕 에드워드로 인해 파괴되고 혼란에 빠진 국가의 질서가 회복되는 것은 셰익스피어 극의 미학적 구조의 특징 중에 하나이다.

1564년 잉글랜드 중부에 위치한 스트랫퍼드 어폰 에이번
(Stratford-upon-Avon)에서 아버지 존 셰익스피어(John
Shakespeare)와 어머니 마리 아덴(Mary Arden) 사이에서 8
남매 중 셋째, 장남으로 태어났다. 당시 셰익스피어의 가정
은 비교적 유복해 풍요로운 소년 시절을 보냈다.

1575년 문법 학교에서 문법, 논리학, 수사학, 문학 등을 배웠다. 특
히 성서와 더불어 오비디우스의 《변신》은 셰익스피어에게
상상력의 원천이 되었다.

1577년 가운이 기울어 학업을 중단했다.

1582년 여덟 살 연상인 앤 해서웨이(Anne Hathaway)와 결혼했다.

1583년 5월 첫아이 수잔나(Susanna)가 태어났다.

1585년 2월 이란성 쌍둥이 아들 햄닛(Hamnet)과 딸 주디스
(Judity)가 태어났다. 1582년 이후 7~8년간 고향을 떠나
떠돌아다녔는데, 이 기간 동안 그가 어디서 무엇을 했는지
명확한 기록으로는 남아 있지 않다.

1593년 장시 《비너스와 아도니스》를 발표했다.

1594년 장시 《루크리스》를 발표했다. 《비너스와 아도니스》《루크
리스》이 두 편의 장시로 그는 시인으로서 명성을 확립했
다. 런던 연극계를 양분하던 궁내부 장관 극단의 전속 극작
가가 되었다.

1595년 《한여름 밤의 꿈》이라는 낭만 희극을 상연하여 호평을 받
았다.

1596년 아들 햄닛이 사망했다.

1599년 궁내부 장관 극단이 템스 강 남쪽에 글로브 극장(The
Globe)을 신축했다.

1601년 아버지 존 셰익스피어가 사망했다.

1609년 《셰익스피어 소네트》를 출간했다.

1616년 4월 23일 사망했다. 고향의 홀리 트리니티(Holy Trinity)
교회에 안장되었다.

셰익스피어는 희곡 37편, 장시 2편, 소네트(14행 시) 154편을 남겼다. 그중 그의 희곡 작품들은 상연 연대에 따라 4기로 구분된다.

제1기(1590~1594) : 습작기. 주로 사극과 희극 집필.

1590~1591년 《헨리 6세 2부 · 3부》

1591~1592년 《헨리 6세 1부》

1592~1593년 《리처드 3세》《실수의 희극》

1593~1594년 《타이터스 · 앤드로니커스》《말괄량이 길들이기》

제2기(1595~1600) : 성장기. 낭만 희극의 시기.

1594~1595년 《베로나의 두 신사》《사랑의 헛수고》《로미오와 줄리엣》

1595~1596년 《리처드 2세》《한여름밤의 꿈》

1596~1597년 《존왕》《베니스의 상인》

1597~1598년 《헨리 4세 1부·2부》

1598~1599년 《헛소동》《헨리 5세》

1599~1600년 《율리우스 카이사르》《뜻대로 하세요》《십이야(夜)》

제3기(1601~1608) : 원숙기. 비극의 시기.

1600~1601년 《햄릿》《윈저의 즐거운 아낙네들》

1601~1602년 《토로일러스와 크레시다》

1602~1603년 《끝이 좋으면 다 좋아》

1604~1605년 《자에는 자로》《오셀로》

1605~1606년 《리어왕》《맥베스》

1606~1607년 《안토니와 클레오파트라》

1607~1608년 《코리오레이너스》《아테네의 타이먼》

제4기(1609~1613) : 로맨스극(비희극)의 시기

1608~1609년 《페리클리즈》

1609~1610년 《심벨린》

1610~1611년 《겨울 이야기》

1611~1612년 《폭풍우》

1612~1613년 《헨리 8세》

옮긴이 **한우리**

중앙대학교 영어영문학과를 졸업하고, 동 대학원에서 비평이론 전공으로 박사과
정을 마쳤다.

《리어 왕》《햄릿》《로미오와 줄리엣》등을 옮겼다.

맥베스

초판1쇄 펴낸날 2015년 12월 14일

지 은 이   윌리엄 셰익스피어
옮 긴 이   한우리
펴 낸 이   장영재

펴 낸 곳   (주)미르북컴퍼니
자 회 사   더클래식
전   화   02)3141-4421
팩   스   02)3141-4428
등   록   2012년 3월 16일 (제313-2012-81호)
주   소   서울시 마포구 성미산로32길 12, 2층 (우 121-865)
E-mail   sanhonjinju@naver.com
카   페   cafe.naver.com/mirbookcompany